인도, 기억에 대한 그리움

인도,

기억에 대한
그리움

글 · 사진 **그레이스 엄**

좋은땅

보고 싶은 아빠,

사랑하는 가족들, 엄마, 정현 언니,

그리고 그리운 내 친구들에게

나마스떼

1999년 겨울, 평소에는 잘 보지도 않던 신문을 우연히 보게 된 것이 내 인생의 터닝포인트가 되었다. '죽기 전에 가 봐야 할 여행지 인도'라는 헤드라인이 내 눈에 확 들어왔고, 신문에 실린 글들만 읽고 무작정 떠났던 나의 첫 번째 인도 여행은 나에게 강렬한 인상을 주었다. 인도 여행은 처음이었지만 무슨 깡이었는지 혼자서 비자 준비부터 비행기 표 예매까지 여행사를 통하지 않고 혼자서 다 해냈다. 그 이후에도 여러 번 인도 여행을 했으나 늘 혼자 하는 여행이었다. 여행은 늘 혼자 시작했지만, 돌아올 때는 각지에서 여행 온 친구들이 내 여행 이야기를 꽉 채워 주곤 했다. 주변 사람들이 나를 떠올리면 자연적으로 인도를 다녀온 내가 되어 있었고, 그 앞에는 대단하다는 수식어가 달려 있었다. 그래서 아마도 인도를 다시 그리고 또 가지 않았나 싶다.

2019년 11월, 가족과 함께하는 여섯 번째 인도 여행을 떠났다.

인도 여행은 몇 번을 가도 항상 처음같이 새로웠다. 대학교 3학년 때 처음 인도에 발을 들인 후, 벌써 여섯 번째 인도 여행이라니. 내가 인도 여행을 갈 때마다 동서양의 친구들은 왜 인도인지, 도대체 인도의 매력이 무엇인지 묻는다. 인도는 정의할 수 없다. 그게 매력이다. 20년 전의 인도는 좀 더 자유로웠고, 지금보다 여유로웠고, 복잡했지만 그것이 다른 나라와 달랐던 것 같다. 무엇보다 20년 전의 나는 지금보다 체력도 좋았고 젊음이 용기였고 자랑이었다.

인도 여행을 통해 많은 사람들을 만났지만, 네 번째 여행까지는 필름 카메라만 있었기 때문에 인연은 마음에만 남고, 필름 아껴 가며 찍은 사진만 몇 장 남았을 뿐이다. 그래도 인도의 풍경과 경험은 내 가슴속에 그대로 남아 있다. 인도가 그동안 많이 변했을까? 아니었다. 인도는 많은 것들이 여전히 그대로였다. 그래서 인도가 좋다. 특별히 이번 인도 여행은 가족과 함께하는 여행이어서 더 뜻깊었다. 나를 믿고 인도 여행을 시작한 어린 나의 남편과 아들들에게 고마움을 느낀다. 덕분에 가족과 함께 인도를 경험하는 새로운 기회와 그곳의 사람들과 나누는 기쁨을 누릴 수 있었다.

이 글을 읽는 분들도 인도를 좋아하게 되기를 바란다.

샨티샨티
2022년 2월
그레이스 엄

목차

아그라(Agra)

자이푸르(Jaipur)

조드푸르(Jodhpur)

다시 델리(Delhi)

인도로 출발

인도 여행의 시작

우리 가족은 서호주 퍼스(Perth)라는 도시에서 살고 있다. 큰 아이가 1살 때 와서 8살이 되었으니 7년째 호주살이 중이다.

여행을 좋아하는 나는 큰아이가 생후 70일 때 했던 일본 여행을 시작으로 베트남, 미얀마, 발리 등 매년 아이들과 여행을 해왔다. 결혼 전에는 2~3년에 한 번씩은 인도를 여행했는데, 결혼하고 호주로 넘어오면서 인도 여행은 생각도 못 하고 있었다. 작은 아이가 3살이 되어 여행지 선택의 폭이 넓어져 어디를 갈까 하다가 인도 여행을 하기로 결정했다. 인도는 처음 가는 여행자들에게는 만만한 곳이 아니다. 특히나 어린아이들이 있는 우리 가족 같은 경우는 더욱 그렇다. 호주에 사는 인도인 친구들조차 아이들을 데리고 인도로 여행을 간다고 하니 고개를 저었다.

신랑은 대학교를 졸업하자마자 나와 결혼하는 바람에 남들보다 여행이나 연애 경험이 많지 않다. 신랑 말로는 내가 첫사랑이란다. 반면 신랑보다 8살이나 많은 난, 내 또래의 사람들과 비교해도 더 많은 여행을 했고, 해외 생활 경험도 있고, 암튼 다양한 경험들을 해 본 후 신랑을 만났다. 난 운이 좋게 대학교에 갓 들어간 신입생 때부터 무용 공연을 하러 외국에 나갈 기회가 많았다. 그곳에서 만난 외국인 친구들이 말을 걸어 오면 다른 동기들이나 선배들이 쭈뼛거릴 때 영어를 잘하지 못해도 부끄러워하지 않고 손짓, 발짓을 사용하면서 적극적으로 여러 나라의 친구들을 사귀었다. 대학을 졸업한 후에는 많은 나라들을 여행하고 영국, 우크라이나에서 살아 보면서 노마드의 삶을 꿈꿨다. 어쩌면 지금 호주에서도 노마드처럼 살아가고 있는지도 모르겠다. 서호주에 처음 왔을 때는 번버리(Bunbury)라는 작은 도시에서 살았다. 어느 정도 호주에서의 삶을 알아 갈 즈음 우리는 퍼스로 왔다. 그리고 우리는 또 다른 도시로 이사를 계획하고 있다. 현실이 무료할 때 익숙한 것들과 떨어져 보는 시간을 가지는 것은 삶에 활력을 준다. 나는 낯선 곳에 대한 두려움이나 불안함보다 늘 기대감이 더 크다. 여행 막바지에 느끼는 익숙함이 오히려 달갑지 않을 때가 더 많다.

우리 가족이 여행을 갈 때는 늘 내가 주도적으로 계획을 짠다. 그래서 우리 가족에게 여행은 모험이다. 익숙한 공간을 벗어나 내가 선택한 곳으로 나를 믿고 가는 모험 같은 여행이다. 단언컨

대 내가 계획한 여행에 우리 가족이 실망한 적은 없었다.

인도 여행을 계획하고 한국의 지인에게 한국에서 만든 인도 여행 가이드북을 부탁했다. 지금까지 여러 번 인도를 여행하면서 한 번도 한국에서 만든 여행 가이드북을 본 적이 없었다. 론리플래닛(Lonely Planet) 한 권을 들고 외국인 친구들을 만나 정보를 공유하는 여행이면 충분했지만, 벌써 몇 년째 한국에 가지 못한 지금은 한국이 그리웠다. 그리고 아이들이 있다 보니 제한된 것들이 많아져서 좀 더 익숙하고 안전한 곳에 대한 정보가 필요했다. 퍼스는 시드니나 멜번처럼 한국 식당이 많지도 않고 가격도 저렴하지 않기 때문에 이번 인도 여행에서는 한국 음식을 잔뜩 먹고 오겠다는 목표도 있었다. 인도에 한국 음식을 먹으러 가는 사람이 얼마나 있을까? 인도라는 나라에 대해서 익숙하다고 생각하면서도 좀 더 긴장되고 조심스러워지는 것은 내가 우리 가족을 책임져야 한다는 의무감 때문인 것도 같다.

침낭 4개 + 배낭 4개 + 유모차 = 개고생

배낭여행의 상징이자 자존심인 배낭 4개를 구매하였다. 2개는 어른용으로 나머지 2개는 주니어용으로 준비했다. 한국에서는 낯설겠지만, 호주에서 국민 브랜드로 알려진 카트만두

(Kathmandu) 제품으로 소품까지 다 맞췄다. 여행을 떠나기도 전에 지출된 비용이 만만치 않았다. 일단 장비가 갖춰졌으니 다음 여행은 좀 더 쉬워질 것이다.

우리가 입을 옷가지들과 인도에 가서 나눠 줄 장난감, 옷, 비상 식량과 상비약 등은 남편 배낭에 넣고 침낭 4개는 내 배낭에 차곡차곡 넣었다. 일교차 때문에 서늘한 방의 공기와 저가 숙소에서 지낼 계획을 하고 있기 때문에 어쩌면 깨끗하지 않을 수 있는 인도의 잠자리를 해결해 줄 침낭이 이번 여행에서 효자 노릇을 할 거라고 생각했다. 사실 인도 여행 유경험자라면 침낭의 중요함을 누구보다 잘 알 것이다.

짐을 다 넣은 배낭을 메어 봤다. 머리 위로 가방이 우뚝 솟아 보이고 솟은 가방만큼 인도를 가장 인도답게 여행하게 될 거라는 자신감과 나르시시즘이 뿜어 나왔다. 사실 내 배낭은 남편의 배려로 침낭 4개만 들어가 부피는 컸지만, 무게는 한 손으로 들 수 있을 만큼 가벼웠다.

아이들과는 침낭에서 자는 훈련도 했다. 예전에 발리로 여행을 갔을 때 침대에서 떨어져 사이드테이블 모서리에 이마를 찧어 산만한 혹을 맛본 둘째 때문에 별거 아닌 수면 패턴도 은근히 신경이 쓰였다. 낯선 잠자리에서도 번데기처럼 얼굴만 쏙 꺼내서 자는 아이들이 부디 뒤척임 없이 지퍼 안에서 아침을 맞이하였으면 해서 가져 본 예행연습이었다.

역시 짐은 여행 전날에 싸야 제맛

여행 전날 부리나케 짐을 싸는 스릴을 즐기게 되었다. 미리 쌀 수 있는 시간도 충분했지만, 미래의 재미를 위해 양보했다. 날짜와 시간을 정확한 각도와 타이밍으로 재고 있지만 무심한 듯한 태도와 연출로 D-1의 빅 재미를 즐기는 중이다.

사실 나는 성격이 급하고 추진력이 강해 무슨 일이든 빨리빨리 처리하려고 한다. 하지만 단 하나 여행 가방을 싸는 일은 그렇지 못하다. 최대한 미루고 미루다 '지금이야!'라는 압박이 시작될 즈음 영화 〈나 홀로 집에〉 케빈 가족들처럼 이 방 저 방 뛰어다니며 가방을 싼다. 물론 그러다 보면 빠진 물건들이 항상 한두 개씩은 생긴다. 손톱깎이나 머리빗처럼 없어도 되지만 없으면 불편한 물건들 말이다. 값이 많이 나가는 물건들은 아니라 현지에서 사서 쓰지만 그러다 보니 집에 손톱깎이도 여러 개, 머리빗도 여러 개가 굴러다닌다.

이제는 아이 둘 그리고 남편까지 우리 네 식구의 짐을 싸는 건 내 몫이 되어 버렸다.

How was your flight?

어느 날 뜬금없이 남편이 다급하게 전화를 했다.

"여보, 오늘이 인도 가는 날이었나 봐…!"

수화기 너머 남편의 기어들어 가는 목소리에 무언가 잘못되었음을 직감했다.

"그게 무슨 말이야?"

"방금 에어아시아에서 메일이 와서 확인해 보니까, 출발 날짜가 오늘이었어."

"오 마이 갓."

지금까지 수많은 비행기 티켓팅을 하면서 단 한 번도, 여권 이름 스펠링 하나도 실수가 없던 내가 출발 일자를 까먹고 있었다는 건… 당장에 비행기를 놓친 나 자신과 우리 가족에게 너무 실망스럽고 안타까운 일이었다.

어려운 선택의 기로에 다시 놓였다. 이대로 인도를 포기하고 갔다 온 셈 칠까? 호탕하게 한번 웃고 다시 인도행 티켓을 살까?

우리가 내린 결정은 후자였다. 그날의 소홀함을 꾸짖으며 눈에 불을 켜고, 모니터 안의 숫자를 몇 번이고 확인하며 그 어렵다는 인도행 비행기 표를 다시 티켓팅하여 인도 여행의 불씨를 가까스로 되살렸다.

사실 이 해프닝은 평생 우리끼리만의 비밀이었다. "임금님 귀는 당나귀 귀!"를 참지 못해 우물 안에 소리치던 신하처럼 간지러운 목젖을 긁게 될지 아니면 이불킥으로 남을지 아직 모르겠다.

굿바이 퍼스, 드디어 인도로

우리 가족은 여행을 떠나기 전 늘 공항에서 출발 사진을 남긴다. 나보다 어리지만 듬직한 남편, 5살 큰아이 준, 3살 작은아이 율. 내가 사랑하는 가족들이다. 독특한 엄마를 만나 고생하는, 아니 남들이 쉽게 할 수 없는 경험을 하는 내 남자들이다. 이번 여행은 배낭여행이다. 아직 낮잠을 자는 둘째를 위해, 아니 나를 위해 휴대용 유모차도 준비했다. 저렴한 유모차를 사서 돌아올 때는 필요한 누군가에게 주고 올 생각이다. 크기가 큰 배낭 2개에 침낭 4개와 우리가 갈아입을 옷, 그리고 인도에서 만날 아이들에게 나누어 줄 옷들과 장난감들을 담았다. 여행을 계획하고 준비하는 동안 주변 친구들에게 작아서 입지 못하는 아이들의 옷과 장난감 등을 인도의 어린이들에게 나눠 주자는 제안을 하며 모았다. 생각보다 많은 물건들이 모였지만 우리가 가져갈 수 있는 부피가 제한되다 보니 아쉬워도 다 담을 수는 없었다. 가능한 한 많이 담아 부피는 컸지만, 다행히 무게가 많이 나가지는 않았다.

이번 여행은 내가 처음 인도 여행을 했을 때 만났던 유럽의 가족을 보고 꿈꾸었던 로망이자 패러디다. 오랜 시간이 흘러 아이들과 함께 그 꿈을 이루는 첫 발걸음이 시작되었다. 나와 함께 내 아이들이 부디 인도에서 많은 것들을 경험하고 배우는 귀한 시간이 되기를 바라며 비행기에 올랐다.

하늘길에서 만난 인연

아이들과 비행기를 타려면 준비물이 많다. 비행기가 이륙할 때 기압 때문에 아이들 귀가 아플까 봐 젤리를 꼭 챙겨 간다. 어디서 들었는데 입안에 젤리 같은 것을 씹고 있으면 고막 통증에 도움을 준다고 했다. 저가 항공을 이용하는 장시간 비행은 아이들에게 너무 지루하다. 무료 음료수와 식사 그리고 의자 앞 스크린도 없기 때문이다. 비행기 안이 추울까 봐 따로 구매해야 하는 담요도 미리 준비하고, 아이들 간식과 물도 넉넉히 챙긴다. 비용을 아끼려고 저가 항공을 선택해 놓고 미리 챙기지 않아 돈을 다 지불하게 되면 아무 의미가 없기 때문이다. 앞뒤 좌우 공간이 협소하기 때문에 아이들이 큰소리를 내거나 좌석을 발로 차거나 할까 봐 노심초사했지만, 출발의 기운이 좋았는지 뒷좌석에 앉은 산데쉬(Sandesh)와 아쿠나(Akuna), 두 청년 덕분에 아이들이 지루해하지 않았다. 한번 받아 주면 끝이 없는 아이들의 장난에도 웃으면서 끝까지 놀아 준 그들이 정말 고마웠다. 이 둘은 퍼스에 있는 불교 커뮤니티에서 활동을 하다 만났다는데 부다가야(Bodhgaya)에 있는 불교 성지를 방문하러 간다고 했다 왠지 모르게 차분해 보이는 산데쉬와 처음 모험을 떠나는 아이처럼 들떠 있는 아쿠나의 모습에 성향이 다른 둘의 동행이 어떨지 상상해 보았다.

아이들도 자신들과 불평 없이 놀아 주는 산데쉬와 아쿠나가 고마웠는지 쓱싹쓱싹 거침없이 그들의 얼굴을 그려 선물로 주었다. 아이들의 눈은 정확해서 의외로 꽤 근사한 캐리커처를 그린다. 내 얼굴을 그릴 때도 늘 입술 위에 있는 작은 점을 놓치지 않고 그린다. 입보다 점을 더 크게 그려 입이 점인지, 점이 입인지 헷갈리는 그림을 볼 때면 웃음보가 터진다.

우리도, 산데쉬와 아쿠나도 여행이 끝나면 다시 퍼스로 돌아간다. 하늘길에서 만난 인연이지만, 언젠가 퍼스의 길 위에서도 만날 수 있기를 바란다.

드디어 델리

퍼스는 직항이 거의 없다. 한국을 가려고 해도 다른 아시아 국가를 경유해야만 갈 수 있다. 인도를 가기 위해서도 발리를 경유하는데, 발리에서 인도 델리로 가는 구간은 길고 지루하다. 특히나 좁은 좌석에서 아이들은 불편하게 있다가 꼭 착륙할 때쯤 잠이 든다. 비행기가 공항에 도착하면 달리기의 출발지점에 있는 것처럼 가슴이 콩닥콩닥거린다. 좁은 통로를 뒷사람보다 먼저 차지해야 한다는 경쟁심리가 발동하기 때문이다. 반면 신랑은 아이도 있고 짐도 있으니 사람들 다 내리고 기다렸다가 천천히 가자는 의견이다. 남편의 말도 일리가 있지만 나는 비행기에서 내려 여권에 입국도장을 찍는 그 순간에 남들보다 먼저 가고 싶은 생각이 더 크다.

잠든 지 얼마 안 된 아이들을 깨우기는 싫지만, 배낭을 메고 잠든 아이들까지 안고 내리려면 눈앞이 캄캄하다. 어쩔 수 없이 작은 짐이나마 들어줄 수 있는 준이를 깨운다. 몇 번 이름을 부르며 흔들어 깨웠다. 제발 일어나라는 간절한 마음의 소리를 들었는지 준이는 눈을 비비고 일어나면서 짜증 한 번 안 낸다. 우리의 비행 스케줄은 새벽에 출발하여 밤늦게 도착하는 힘겨운 일정이지만 아기 때부터 여행을 다녀 여행이 체질이 된 아이들이 잘 따라와 주니 고마울 뿐이다.

델리(Delhi)

나마스떼 인디아

11월, 늦은 밤 도착한 델리 공항은 약간 쌀쌀했다. 인도라고 하면 더운 나라라고 생각할 텐데 북인도의 겨울에는 눈도 내린다. 델리 공항은 새벽부터 늦은 밤까지 사람들이 많고 시끄럽다. 그래서 밤늦게 도착한다고 할지라도 전혀 무섭지 않다. 단지 혼란스러울 뿐이다. 정신만 똑바로 차리면 괜찮다.

인도에서는 항상 무엇을 태우는지 뭔가 태우는 냄새와 향냄새 그리고 오토바이 휘발유 냄새가 진동한다. 공항에서도 어김없이 인도의 냄새들을 맡을 수 있었다. 언제부터인가 나는 이 냄새들이 좋아졌다.

한시도 긴장을 늦출 수 없는 엄마와 아빠이지만, 아이들은 공항에서 나오자마자 눈이 초롱초롱해진다. 남자아이들이라서 그런지, 진짜 총을 든 군인을 보고 무서워하기보다 마냥 신기해한다. 상상만 하던 진짜 총을 처음으로 보자 감격한 것 같았다. 아이들은 흥분된 목소리로 "Is it real?" 하고 물어본다. 조잘거리는 낯선 나라의 아이들이 귀여웠던지 군인들도 아이들의 질문 하나하나에 친절하게 대답해 준다. 친근하고 밝은 미소로 아이들과 기꺼이 사진까지 함께 찍어 주니 인도가 주는 도착 선물 같았다. 내가 남편에게 연애 때부터 지금까지 자랑하던 인도의 첫인상이 좋아 내 어깨도 으쓱해졌다.

오랜 연식에서 뿜어 나오는 엄청난 매연과 자신을 위한 방어적 클랙슨인지 타인에 대한 공격적 위협인지 분간이 어려운 소음, 무질서함 속에 정교한 질서 같은 모순들이 앞으로 우리가 만나게 될 이벤트를 예고해 주는 것 같았다. 물론 나는 다 예측하고 맞는 펀치라 우습기만 했지만, 남편과 아이들의 반응과 표정은 여러 가지 감정들을 드러내 보여 주었다.

출발 전 미리 픽업 차량을 예약하지 않았다면 늦은 밤 많은 사람들 속에서 이렇게 한가한 시간을 갖지는 못했을 것이다. 아이들이 없었다면 싸고 저렴한 교통수단을 선택했겠지만, 아이들 덕분에 교통비는 좀 들었어도 편하게 숙소까지 이동할 수 있었다. 예전에 유아교육을 전공하신 선생님이 '아이들 때문에'라는 말을 '아이들 덕분에'라고 표현을 바꾸라고 하셨던 강의가 생각이 났다. 그 선생님 말씀처럼 아이들 덕분에 이득을 보는 경우가 더 많았던 것 같다. 오늘의 픽업 차량 이용도 아이들 덕분이었다.

델리, 바하르간지

빠하르간지(Pahar Ganj)는 뉴델리역 인근에 있는 여행자들의 거리다. 인도에 올 때마다 항상 들르는 곳이라 익숙하다. 거리는 숙소들과 레스토랑의 불빛으로 밤인데도 대낮처럼 밝다. 숙소로 가는 길목에는 쓰레기가 곳곳이 쌓여 아이들과 남편은 약간 불편한 모양이다. 쓰레기 더미에서 음식을 찾는 피부병 걸린 개들과 소들 그리고 쉴 새 없이 빵빵거리는 자동차와 릭샤의 경적이 나에게는 오히려 친근하다.

밤늦게 도착한 숙소는 그다지 맘에 들지 않았다. 사진으로 본 것과는 너무나 달랐기 때문이다. 하지만 아이들도 우리도 힘들어 그냥 자기로 했다. 전날 비행기에서부터 제대로 먹지 못했던 아이들은 숙소에 도착하자마자 배고프다며 집에서부터 들고 온 크로와상으로 허기를 채운다. 인도를 여행하다 보면 한 번쯤 배앓이를 겪는데 이 시기가 사람들마다 다 다르지만 피해 갈 수는 없다. 여행 도중에 아프면 낭패라 간단하게 끼니를 해결할 수 있는 음식을 미리 준비한 것이 첫날부터 도움이 되었다.

허기를 달랜 다음 속전속결로 아이들을 씻기고 침대에 누웠다. 아이들은 가져온 침낭에 쏙 들어가 그 촉감이 좋은지 부비부비하며 좋아한다. 빠하르간지의 소음들을 자장가 삼아 내일의 일정들을 머릿속으로 70% 정리할 때쯤 자동으로 눈이 감겼다.

첫날 아침 거리에서 만난 모녀

아침을 먹으러 길을 나섰다. 아이들의 눈은 호기심으로 낯선 환경을 살핀다. 여기저기에 주인 없는 개들이 돌아다니니 개를 무서워하는 율이는 얼굴에 경계심이 가득하다.

길에서 만난 세 살 정도로 보이는 왜소한 체구의 여자아이는 이른 아침 쌀쌀한 날씨에도 반팔 옷을 입고 있었다. 나이를 가늠할 수 있었던 것은 율이와 비슷한 체격을 갖고 있었기 때문이다. 마침 가져온 옷 중에서 율이 친구에게서 받은 긴팔 옷이 딱 맞을 것 같았다. 옷을 꺼내어 준이가 아이의 엄마에게 건네주었고 아이의 엄마는 그 자리에서 바로 딸에게 입혀 주었다.

혹시 모르는 사람들에게 옷을 받았다는 부담을 느낄까 애써 보고 싶은 마음을 꾹꾹 누르며 뒤돌아보지 않고 가다가 멀리서 다시 돌아보았다. 다행히 아이에게 옷이 딱 맞는 것 같아 마음이 놓였다.

옷을 입는 아이의 모습을 보다가 준이가 묻는다.

'엄마, 저 여자애 따뜻하겠지?'

인도에서의 첫날 아침부터 나눔의 기쁨이 길에서 만난 엄마와 딸 그리고 우리 가족들에게 따뜻함으로 채워졌길 바란다. 준이는 본인의 행동이 기분 좋았는지 또 나눠 줄 옷이 얼마나 있는지 가지고 나온 옷가지들을 세어 본다.

빠하르간지 시장

인도의 아침은 정말 바쁘게 움직인다. 사실 우리가 도착한 늦은 밤부터 인도의 바쁨이 느껴졌는데 인도 사람들이 잠은 자는 것인지 궁금했다. 거리에는 이미 많은 사람들이 오고 가고 물건을 팔고 사고 릭샤꾼들은 물건들을 실어 정신없이 어디론가 나른다. 걸어 다니다 2층 식당 간판에는 커다랗게 네팔, 인도, 일본, 중국 음식이 된다고 적혀 있었다. 우리는 그곳에서 아침을 먹기로 하곤 실패할 수 없는 메뉴인 볶음 누들과 볶음밥 그리고 난을 주문했는데 30분 정도 음식을 기다려야 했다. 우리가 앉아 있던 테라스 바로 밑에 많은 사람들이 끊임없이 줄을 서서 기다리는 리어카가 눈에 띄었다. 음식을 팔고 있었는데 두 남자가 손발을 맞추면서 무엇인가를 끊임없이 만들고 튀기고 하고 있었다. 분식 같은 비주얼이 남편은 궁금했는지 내려가서 먹어 보고 싶다고 졸랐지만, 첫날부터 길거리 음식을 먹고 배앓이를 한다면 여행을 시작하기도 전에 차질이 생길 것 같아 말렸다. 자세히 보니 밀가루에 야채를 섞어서 튀겨 커리 소스 같은 것에 찍어 먹는 음식이었는데 어른 아이 남녀노소 누구나 할 것 없이 줄을 서서 사 갔다. 나중에 이 음식의 이름이 파코라(Pakora)인 것을 알게 되었다. 지나가던 릭샤꾼들도 줄을 서서 요기한다. 만들어 두기가 무섭게 순식간에 팔려 나가는 것을 보니 맛집이 틀림없었다. 음식을 기다리는 지루한 시간이 시장 사람들의 아침을 보면서 빠르게 지나갔다.

오랫동안 그리워했던 인도의 짜이가 나왔다. 나는 코끝에서 한번, 다시 입으로 한번 맛을 보며, 내가 인도에 와 있다는 것을 실감했다. 이날 아침의 짜이는 내 여행의 본격적인 시작을 알리는 애피타이저나 다름없었다.

친절한 나빈

델리에 여행자들의 거리 빠하르간지가 있다면, 빠하르간지에는 한국 여행자들에게 유명한 나빈(Naveen)이 운영하는 가게가 있다. 인도 여행카페에서 많은 한국 여행자들에게 좋은 사람으로 소문난 나빈은 환전부터 심 카드 구매 등 한국 사람들이 인도를 여행하는 데 많은 도움을 주는 사람이다. 많은 한국 여행자들이 다녀가서인지 그의 가게에는 한국어로 나빈을 소개하는 글이나 정보가 친절하게 붙어 있었다. 어떤 여행자가 남긴 글에는 여행 도중 두통과 설사로 고생했는데 약국에 함께 가서 증상을 통역해 주고 약 처방까지 도와주었다는 미담도 유명하다.

나빈은 공항 픽업과 핸드폰 개통, 환전, 차표 대리 예매, 소포 등의 서비스를 소정의 수수료를 받고 제공한다. 한국어에 워낙 능통하기에 웬만한 신조어나 줄임말도 알고 있다.

　우리는 나빈에게 델리의 숙소 예약과 공항에서의 픽업을 부탁했다. 첫날밤에는 우리가 예약했던 숙소가 별로라서 실망했지만, 다음 날 오전부터 좋은 조건으로 환전해 주어 마음이 풀어졌다. 유심을 개통해야 하는데 개통이 지연되는 상황이 연속으로 발생했다. 열차 시간이 다가올수록 마음이 급해져서 작은 숨소리도 크게 들리는 경험을 하고 준이의 작은 행동에도 예민함을 느낄 때 비로소 유심이 개통되었다. 부리나케 짐을 둘러메고 준이와 율이를 앞장세워 역까지 뛰고 또 뛰었다. 급한 마음에 나빈에게 고맙다는 인사도 제대로 못 했다. 간신히 플랫폼에 도착해서 짐가방들을 내려놓고 안도의 깊은숨을 연거푸 쉬었다. 등골이 서늘하다 못해 시렸다. 하지만 무사히 역에 도착했고, 나빈이 도와주지 않았으면 불가능했을 일이었다.

　나빈은 한국 사람들을 돈으로만 생각하는 것이 아니라 마음을 다해 도와준다는 것이 느껴졌다. 사실 호주에서부터 메신저를 통해 여러 가지 궁금한 것들을 많이 물어봐서 귀찮았을 텐데도 친절하게 답해 주는 나빈에게 많이 고마웠다. 자녀가 있는지 물어봤더니 딸아이가 있다고 하여 인형을 선물로 준비했다. 한국 여행자들에게 친절하고 잘해 준다고 소문난 나빈에게 우리도 좋은 인상을 남기고 싶었다. 그리고, 도움을 받는 여행자 이전에 같은 부모의 입장에서 얼마나 나빈이 한국인들에게 인기가 많고

훌륭한 아빠인지 나빈의 아이가 알았으면 했다. 많은 한국 여행자들은 나빈에게 고마움을 느끼고 여행자 카페에서 나빈을 알리지만 정작 나빈은 그 사실을 모를 수도 있어서 나빈이 얼마나 대단한 일을 하고 있는지 알려 주고 싶었다.

인도 기차 어디까지 타 봤니?

  인도 여행에서 제일 어려운 일 중 하나가 기차를 예약하고 타는 일이다. 주변에 인도 사람들이 있어서 인도 이야기를 할 때면 서로 들뜬 기분으로 수다를 떨고, 덕분에 여행을 준비하면서 도움도 많이 받았다. 큰아이 학교 같은 반에 인도 친구가 있는데 다행히도 그 친구 아빠가 기차 예약을 도와주었다. 일찍 한다고 했는데 벌써 내가 원하는 좌석은 다 매진되었다고 했다. 델리에서 바라나시까지는 794㎞로 오전 11:35분에 출발해도 다음 날새벽 4:35에 도착하는데 변수가 많고 연착이 비일비재하기 때문에 출발과 도착시간은 정확하지 않다. 우리가 예매한 델리 출발바라나시 도착 기차표는 3층 침대 에어컨 칸(First class 3 Tier A/C Sleeper Class)이었다. 인도 기차표는 여러 종류가 있는데, 침대 칸과 좌석 칸 크게 두 가지로 나누고 그 안에서 다시 등급이매겨진다.

1. 침대 칸

① 1AC (First class A/C): 2층 침대로 독립된 에어컨 칸

② 2AC (First Class 2 Tier A/C Sleeper Class): 2층 침대로 에어컨 칸

③ 3AC (First class 3 Tier A/C Sleeper Class): 3층 침대로 에어컨 칸

④ FC (First class): 3층 침대로 선풍기 칸

⑤ SL (Second class Sleeper Class): 3층 침대로 천장에 달린 선풍기 칸

2. 좌석 칸

① CC (First Class AC Chair class): 3인 좌석 에어컨 칸

② 2S(II), (Second Class Seat): 6인 좌석 선풍기 칸

★ 기차 예매 및 열차 시간표를 온라인에서 할 수 있다.

http://www.irctc.co.in, http://www.indianrail.gov.in/

플랫폼에 있는 매점에서 아이들 취향에 맞는 과자들과 물, 음료를 사고 티켓에 쓰여 있는 자리를 찾아 앉았다. 우리는 운이 좋게도 아이들이 많은 가족과 나란히 앉게 되었다. 덕분에 사교적인 우리 아이들은 지루하지 않게 기차여행을 할 수 있었다. 옆자리 아이들은 우리 아이들에게 본인 자리도 내어 주고, 먹고 있던 마살라 과자도 나누어 주었다. 한국에 거주하거나 여행을 온 많은 외국인들이 말하기를 한국 사람들이 외국인에게 특히나 호의적이라고 말한다. 인도도 같은 느낌이다. 자기의 음식을 나누어 주고 길을 찾을 때까지 알려 주고 도움을 청하면 자기 일처럼 걱정해 준다. 모두가 같은 경험을 했다고는 말할 수 없지만 적어

도 내 경험에서는 그랬다.

준이와 율이는 낯선 환경에서도 적응을 잘하고, 처음 만나는 사람들하고도 잘 지내는 걸 보면 여행이 체질이 된 듯싶다. 기차에서 만난 외국인 여행자들과 인도 사람들 모두 우리 아이들에게 무척 친절하고 관대했다. 자기들의 말이 소통되든 안 되든, 손짓과 발짓으로 까르르 웃어대며 그들과 소통하는 아이들을 보면서 아이들의 세계에서 언어의 장벽은 아무것도 아니라는 생각이 들었다. 친절한 몸짓의 대화로 오래 이야기할 수 있었고 많은 배려 덕분에 아이들은 지루하고 힘든 기차여행을 즐겁게 할 수 있었다. 아마 집에서 아이들과 있었다면 그만큼 신경 써 주지 못하는 부분들도 있었을 텐데, 여행하는 동안에는 오롯이 아이들을 관찰하고 함께 정서를 나누고 공감할 수 있는 시간을 가질 수 있어 부모와 자식 간의 관계도 더 돈독해지는 것 같았다. 그래서 무리를 해서라도 일 년에 한 번 이상은 아이들과 함께 여행하려고 한다. 아이들과 함께 여행하면 보너스 혜택 같은 일들이 자주 일어난다. 작년 인도네시아 발리로 여행 갔을 때 식당에서 주문한 음료가 나오자마자 아이가 모르고 손을 올리다가 음료가 쏟아졌다. 다 쏟아지지 않아 다행이라고 생각하고 있었는데 새로 음료를 하나 더 만들어 가져왔다. 생각지도 않은 서비스에 감동을 받았다. 특히나 어린아이들이 여행을 다니는 모습이 대견스럽다고 느꼈는지도 모르겠다.

아이들의 성향도 한몫하긴 했다. 아이들은 순수하기 때문에 사람들을 만나는 데 편견이 없다. 어른들의 세계에서는 친해지려면, 아니 그보다 '관계'라는 유대감을 갖기 위해선 지적, 금전적, 관심 분야, 학연, 군대, 지연 등등을 통해 1차로 심사를 하고 여러 관문을 거치며 '그들'이 '우리'가 될 수 있는지? 아니면 '너와 나'가 되는 복잡한 심사를 거치게 되지만, 어린이의 세계에서는 "My name is Johnny and this is my brother Olly." 이 말 한마디면 벌써 '우리'가 되어 있다. '우리'가 되기 위해서 자기 이름만 말하면 된다. 이 얼마나 간단한가?

아이들은 오랫동안 웃고 떠들다가 피곤해졌는지 흔들리는 기차 안에서도 금세 곯아떨어졌다. 아이들이 자는 모습을 보면서 나는 새삼 놀란다. 처음 타 본 슬리핑 기차에서도 아이들의 적응력이 이렇게 빠를 수가! 어디에서든 잘 자고 잘 먹는 아이들이 대견하다. 이번 여행이 끝나면 얼마나 성장해 있을지 기대된다.

인도의 기차는 좌석을 이용하는 방식이 한국과 달라서 한국인들의 상식으로 해석하면 안 된다. 침대칸은 1층(Low)과 2층(Middle) 그리고 3층(Upper)으로 나뉘어 있는데, 낮에는 1층 자리를 공동의 칸으로 사용하기 때문에 2층 좌석과 3층의 주인들도 편하게 1층에 앉아서 이동하다가 밤에는 누워서 자야 하기 때문에 본래의 본인 자리로 돌아가는 시스템이다. 처음에 그걸 이해 못 한 남편은 1층 우리 좌석에 앉아 있던 인도인들을 무례한 사람으로 생각했지만 내 설명에 천천히 인도를 알아가고 있었다.

여기서 기차여행의 노하우를 공유하자면 3층 자리가 가장 편할 수 있다는 것이다. 물론 계단을 기어올라 3층까지 올라가는 수고스러움은 있지만 앉고 싶을 땐 내려가서 앉았다가 낮잠이라도 자고 싶을 땐 다른 좌석의 사람 눈치를 볼 필요 없이 올라가서 자면 그만이기 때문이다. 여자 혼자 여행하다 보면 자는 나를 만지기라도 할까 봐 밤잠을 설치게 되는데 3층은 1층과 2층에 비해 손이 닿기 쉽지 않기 때문에 안전한 편이다. 그런데 아이들과 함께 타는 기차라면 말이 달라진다. 아이들이 흔들리는 기차에서 떨어지기라도 하면 큰일이기에 무조건 1층 좌석을 선호하게 된다.

기차를 타고 가다 보니 이전에 탔던 인도 기차 여행이 떠오른다. 만났던 사람들이나 사건, 사고 등 잊지 못할 경험들 말이다. 두 번째 인도 여행에서 기차로 이동 중에 내 앞자리에 앉은 다섯 살 정도로 보이는 지금의 준이 나이 또래의 어린 소녀의 발톱이 부러져 피가 줄줄 흐르는데도 아무렇지 않게 있는 모습이 애처롭고 낯설었다. 나는 물티슈로 아이 발의 피를 닦고 배낭에서 후시딘과 대일밴드를 꺼내 약을 발라 주고 밴드를 붙여 주었다. 소녀는 반짝반짝한 눈으로 나를 쳐다보며 웃었는데, 그 아이가 고마워하는 마음을 느낄 수 있었다.

또 다른 추억은 남인도 고아에서 델리로 가는 기차였다. 혼자서 3등석 기차를 타고 1박 2일을 꽉 채워서 가는 여정이었는데, 힘든 것도, 무서운 것도 모르던 나이였기에 가능했다. 내가 탄 기차는 양쪽에 3개씩, 모두 6개의 침대가 마주 보고 있었는데, 내 또래 인도 남자 대학생들 4명이 같은 칸에 타고 갔다. 그들은 돌아가면서 내 말동무도 해 주고 화장실 갈 때는 짐도 지켜 주고 델리에 밤늦게 내려 숙소를 찾아갈 때까지 나와 동행해 주었다. 아직도 그들 중 두 명(고빈다Govinda와 아제이Ajay)은 연락을 하고 지내니 얼마나 놀라운 일인가? 가끔 메신저로 대화를 하면서 "그때 너희들이 나를 안전하게 지켜줘서 고마웠어."라고 하면 돌아오는 대답이 너무 웃겼다. "You were smarter than all of us. You protected us."

여행 중 만난 인연과 추억만이 아닌 현재진행형으로 유지되는 관계가 너무 감사할 따름이다.

바라나시(Varanasi)

도착 그리고 갠지스강

　바라나시역에 연착 없이 새벽에 도착하여 픽업 나온 차를 탔다. 바라나시 초입에서 내려 숙소까지 걸어 들어가야 했다. 골목이 좁아서인지 축제 때문인지는 알 수 없었지만, 더 이상의 차량 진입이 통제되었다. 한참을 짐을 나눠 들고 숙소로 향했다. 차로 이동을 못 할 거라면 왜 비싼 돈을 주고 택시를 예약했나 싶었다. 책에서만 보던 피난길이라는 게 지금의 우리 모습인가 싶었다. 많은 인파 속에 두 손으로 짐을 이고 지며 40년 동안 키운 근력으로 중력에 저항하였고, 아이들에게 똑바로 걸으라며 호통을 치면서 국제 미아를 사전에 방지하였다. 숙소에서 연락받고 온 직원의 도움으로 짐을 나눠 들고 드디어 숙소에 도착하였다. 이른 아침 도착이라 체크인을 할 수가 없어 숙소에 짐을 맡기고 갠지스강 일출을 보려고 나왔다. 새벽 갠지스강은 안개가 자욱하고 평화로웠다. 이른 아침부터 부산스럽게 이동한 탓에 첫째가 좀 보채긴 했지만 어르고 달래는 베테랑답게 첫째가 좋아하는 이야기들을 해서 아이의 빠진 기력을 다시 채워 넣었다. 하지만 숙소와 멀어지고 가트를 헤맬 때마다 해 줄 수 있는 이야기들도 결국 바닥이 났다. 다행히도 시간이 좀 흐르니 정말 많은 사람들로 가트가 가득 찼다. 붐비는 사람들 속에서 서로가 서로를 구경하면서 아이들은 지루함을 잊은 듯했다.

갠지스강으로 내려가는 계단을 뜻하는 가트(Ghat)는 바라나시에 80여 개가 있는데 가트마다 이름이 있어 숙소나 카페 등을 찾으려면 가까운 가트의 이름을 기억하고 있으면 편리하다. 힌두교 순례자들은 매일 아침과 저녁에 하늘에 제사를 지내는 의식인 뿌자(Puja)를 드리고, 힌두교인들과 여행객들은 5루피에서 10루피 정도 하는 주황색과 노란색이 어우러진 꽃으로 장식된 초 디아(Dia)를 사서 강가에 띄워 소원을 빈다.

갠지스강에서는 일출과 일몰을 볼 수 있는 보트 투어가 있다. 아침에 보트를 타 볼까 하고 한국인들에게 유명한 철수보트를 찾아봤는데 결국 찾지 못해서 그냥 저녁에 보트 투어를 하며 일몰을 보기로 했다. 철수보트는 바람의 딸로 유명한 한비야 님이 바라나시에 왔을 때 지어 준 이름이라고 했다. 그 인연으로 한비야 님 책에 등장하여 한국 사람들에게 유명해져서 한국의 유명 배우들도 찾아왔다고 한다. 철수보트는 빤데이(Pandey) 가트에 있다고 했는데 이름을 알아도 워낙 가트가 길고 넓어서 찾기가 쉽지 않았다. 철수보트를 찾아 헤매다 보니 어느새 해가 뜨고 날이 밝았다. 많은 사람들, 특히 여자들이 많이 나와 있어 무슨 특별한 날인지 주변 사람들에게 물어보니 11월 8일부터 9일까지 태양을 숭배하고 물가에서 태양신에게 기도를 드리는데 특별히 이날은 노래를 부르고 여자들은 금식하며 가족과 친구의 안녕을 기원하는 날이라고 했다. 아침부터 많은 사람들이 갠지스강에 들어가 목욕을 하고 그 물을 조그만 통에 담아 들고나왔다. 이렇게 한참을 돌아다녔지만, 아직 체크인하려면 몇 시간은 더 있어야 했다. 가트를 반복적으로 걷다 보니 어느새 눈에 익은 낙서들과 특이한 계단들로 자연스레 길을 외우고 있었다. 역시 반복 학습이야말로 최적화된 공부법임을 다시금 깨달았다.

컬쳐쇼크

인도 거리에는 많은 소들과 많은 개들이 서성거린다. 생각해 보니 거리에 개들 중에 작은 강아지는 본 적이 없는 것 같다. 아이들은 그 장애물을 매번 지나쳐야 한다. 처음에는 기겁하고 소리를 지르고 난리도 아니었는데 며칠 지나니 자연스러운 일상이 되었다. 바라나시 골목은 특히나 미로처럼 좁은 골목들이라 그 장애물들을 지나치는 것이 더 힘들었다. 어른인 나조차도 소꼬리에 맞을까 봐 무서워서 지나가지 못해 여러 번 인도 사람들의 도움을 받았다. 거리에서 잠시 소가 지나가는 것을 기다리고 있는데 할머니 두 분이 그 옆을 지나가면서 오줌을 싸고 있는 소에게 손을 내밀어 오줌을 손으로 받는 것이 아닌가? 그러더니 그 오줌을 본인 머리에 뿌리고 옆에 할머니 머리에 뿌려 준다. 소를 섬기는 힌두에 대해 조금이나마 알고 있었지만, 그 모습은 눈으로 보고도 믿기지 않았다. 여행 내내 우리는 이 이야기를 했던 것 같다.

적응훈련

갠지스강 가트를 걷고 있으면 인도 사람들이 여러 번 우리를 불러 세운다. 우리 아이들과 같이 사진을 찍기 위해서이다. 새벽부터 갠지스강의 가트를 오래 걸어서 다리 아프다고 하던 아이들도 사진을 찍을 때면 미소를 짓는다. 인도에 도착한 지 며칠 되지도 않았는데 이미 인도에 적응한 아이들이다. 내가 인도를 좋아하는 여러 가지 이유 중 하나가 사진을 찍자고 수줍게 물어보는 인도 사람들 때문이다.

새벽에 도착해 너무 많이 걸어서 허기지고 다리도 아프고 피곤이 몰려왔다. 아침도 먹어야 하고 앉아서 쉬고 싶기도 하여 우리가 예약한 숙소로 돌아와 체크인 시간까지 쉬기로 했다. 우리 숙소인 간파티 게스트하우스(Ganpati Guesthouse)는 항상 사람들이 많이 모이는 메인 가트인 다샤스와메드(Dashashwamedh) 가트에서 가까웠다. 오랜 시간 기차를 타고 왔기 때문에 바라나시에서의 첫날은 좋은 숙소에서 쉬고 싶어 찾아보다가 평가점수도 좋고 이름은 게스트하우스지만 3성급 호텔 수준에 깨끗하고 뷰가 좋다고 하여 예약한 숙소였다. 사실 바라나시에 있는 동안은 내내 여기서 지내고 싶었는데 예약이 하루 빼고 풀 부킹이라 일단 하루만이라도 지내기로 했다. 가격도 배낭여행자들이 묵는 숙소보다 많이 비싼 편이어서 잘됐다 싶기도 했다. 그래서인지 젊은 배낭여행자들보다는 그룹 투어로 온 것 같은 외국인 관광객들이 더 많았다. 루프탑 식당에 아침을 먹으러 갔는데, 메뉴를 보니 다른 카페보다 가격이 비싼 것 같아 간단하게 버터 잼 토스트와 짜이를 주문했다. 가격은 버터 잼 토스트가 40루피(700원 정도)로 다른 카페에 비해 2배 정도 차이가 나는 것 같았다. 호주에 비하면 10배는 싼 가격인데 인도에 오면 적은 돈에도 왜 이리 쪼잔하게 행동하게 되는지 모르겠다. 우리는 아침은 간단히 먹고 점심은 한국 식당에서 잘 먹기로 했다.

바라나시에 도착하여 6시간 만에 체크인을 할 수 있었다. 숙소 열쇠와 자물쇠를 받자 미소가 저절로 지어졌다. 묵직한 키의 무게와 화려한 디자인의 커다란 자물쇠는 예스러우면서도 멋있었다. 지금까지 수많은 숙소를 사용해 봤지만, 자물쇠와 열쇠를 숙소 키로 사용한 적은 단 한 번도 없었다. 그러고 보니 숙소 안은 모든 게 아날로그적으로 되어 있었다. 요즘은 카드 키 하나로 숙소 문도 열고 전원도 한 번에 켤 수 있는 시스템인데, 여기서는 버튼을 하나하나 직접 눌러야만 하는 수고가 필요했다. 숙소는 기대했던 것보다 작고 별로였지만 깨끗한 화장실에서 온수가 콸콸 나오는 것만으로도 만족스러웠다. 기차여행 후 24시간 만에 따뜻한 물로 샤워를 하니 너무 개운했다. 씻고 나와 침대에 눕자 율이는 피곤했는지 바로 잠이 들었다.

산 경험

테마를 잡고 여행을 하는 스타일은 아니었지만, 이번 여행은 아이들과 함께 어렵게 준비한 여행이었기에 특별한 경험을 아이들과 나누고 싶었다. 20년 전 태국에서 만난 일본인 친구가 있었다. 그 친구는 세계 일주를 하려고 일 년 동안 돈을 모았다고 했다. 그 친구는 키도 작고 몸도 왜소했는데 자기 몸 절반 크기의 배낭을 메고 있었다. 배낭 안에 든 것이 궁금해 물었더니 배낭 안을 열어 보여 주었는데, 아이들 장난감으로 가득 차 있었다. 여행하면서 만난 아이들에게 나누어 주려고 가져왔다고 했다. 그때 그 친구에게 한 방 맞은 느낌이었다. 나보다 나이도 어린 친구가 어쩌면 그리 깊고 따뜻한 마음을 가졌을까 하고 말이다. 대학생들을 인솔하여 여러 나라에 봉사활동을 다니면서 문화 봉사, 인력 봉사, 물질 봉사 등을 했지만 그 일본 친구처럼 개인적으로 한 봉사는 없었던 것 같다.

나는 주변 친구들에게 작아진 아이들 옷과 장난감 등을 받아서 배낭 하나에 가득 채워 출발했다. 그동안 인도의 여러 곳을 다녔는데 유독 바라나시는 갠지스강 가트 주변에 길거리 아이들이 구걸을 많이 했다. 인도에서는 박시시(Baksheesh)라고 하는데 구걸, 적선의 뜻으로 거리에서 아이를 안고 구걸하는 여자들과 아이들을 많이 볼 수 있다. 아이를 안고 있는 여자가 엄마인지 또는 언니인지 진짜 가족이 맞는지 의심되지만, 그들은 그렇게 같이 구걸을 한다. 숙소에서 나올 때마다 가방 하나에 옷과 장난감을 넣어 준이와 율이에게 주면서 이 옷이 맞을 것 같은 아이들에게 나눠 주라고 이야기했다. 아이들 눈에도 인도 친구들의 차림이 좋아 보이지 않았는지 준이와 율이는 스스로 거리의 아이들에게 가방 속의 옷을 꺼내 건넸다. 아이들은 누군가에게 본인의 것을 주면서 기쁨을 느끼며 뿌듯해하는 것 같았다. 사실 인도에서뿐만 아니라 일상생활에서도 준이와 율이는 나눠 먹거나 주는 것을 본능적으로 좋아하는 성향을 가졌다. 아이들 사이의 교류에는 분명 그 이상의 것이 있었을 것으로 생각한다. 그동안 원하는 것을 쉽게 얻고, 받는 기쁨만을 알았던 아이들이 나누면 더 즐겁고 행복한 기분인 든다는 것을 배운 좋은 시간이었으면 좋겠다. 가트 주변의 아이들도 본인들보다 나이가 많은 여행자들에게 무언가를 받는 것은 익숙했겠지만 자기 또래의 아이들에게 받은 선물 같은 나눔은 다른 느낌을 주지 않았을까? 나눔을 하기 전 그리고 하고 난 후 준이와 율이에게 어떤 기분이 들었는지 물어보았다. 아이들이 가진 순수하고 자연스러운 감정을 기대한 내 질문에 정답은 이미 정해져 있었을지 모르겠지만 정작 아이들에게 긍정적인 말들을 듣자 나 또한 기분이 좋아졌다. 나도 어쩔 수 없는 엄마인가 보다. 아이들에게 원하는 답을 기대하고 질문을 던졌으니 말이다. 하지만 아이들은 그런 내 마음을 알고 있기라도 한 듯 내가 아이들에게 듣고 싶은 말들로 대답했다. 하지만 무엇보다 분명한 건 우리는 그 순간 정말 작은 나눔을 통해서 기쁨을 느꼈다는 것이다. 자신이 가슴에서 뿌듯해하는 경험이야말로 돈을 주고 살 수 없는 깨달음일 것이다. 시간이 지나도 오래오래 아이들의 기억에 남기를 바란다.

그런데 한편으로는 어딘가 모를 미안함이 들기도 했다. 남을 도와주거나 먼저 어른들께 인사를 하는 등의 행동들이 어쩌면 엄마의 기분을 좋게 해 주고 싶은, 엄마의 의도와 목적이 다른 동기로 실천된 것은 아닐까 우려도 되었기 때문이다. 내가 어렸을 때 교회를 가면 엄마가 무척이나 좋아하셨다. 그래서 교회를 빠지지 않았는데, 교회를 가서 좋았던 기억보다 교회에 가는 나의 모습에 흐뭇하실 엄마의 얼굴이 더 좋았던 기억이 있다. 남을 도와주는 일들이 엄마의 기분을 좋게 해 주기 위해서라기보다는 좋을 일을 한 보람을 스스로 느낄 준이와 율이가 되길 바라는 욕심을 부려 본다.

향냄새

인도에는 아침부터 늦은 밤까지 거리에 음악 소리가 끊이지 않고 향냄새가 진동한다. 나는 인도의 향냄새가 너무 좋다. 향을 내는 인센스는 생김새부터 종류가 다양하다. 우리가 쉽게 접할 수 있는 스틱형과 콘 모양으로 된 인센스가 있는데, 인센스를 담는 홀더도 여러 디자인이 있다. 플레인형과 접시형, 그리고 박스형으로 고르는 재미가 있다. 내가 가지고 있는 박스형 홀더는 뚜껑에 구멍이 수십 개가 있는데 인센스를 태우면 그 구멍으로 향이 흘러나온다. 향냄새는 향수나 디퓨저랑은 다른 느낌인데, 나를 차분하게 만들어 주고 피로를 풀어 준다고 해야 하나 말로는 뭐라고 딱 말할 수 없지만, 그 안에 냄새 말고도 여행의 기억 그리고 추억이 같이 담겨 있다. 나는 특히나 머스크 향을 좋아하는데 은은하게 풍기는 그 향냄새의 끌림이 너무 좋다.

가끔 길 가다 스치듯 스며오는 향냄새가 코끝에서 온몸으로 퍼질 때면 온 신경이 마비되는 듯하다.

갠지스강 보트 투어

인터넷에 올라온 사진을 보니 갠지스강의 일몰 사진이 정말 아름다워 보였다. 새벽에 철수보트를 찾아다니다 일출을 제대로 보지 못했는데 오히려 다행이다 싶었다. 그리고 사실 나는 이미 바라나시에서 일출을 본 적이 있었다.

대학교 3학년 겨울방학에 대학 동기 진아와 함께 갠지스강 일출을 봤다. 12월 새벽 갠지스강은 무척 추웠다. 잠바에 담요까지 덮고 완전무장을 하고 보트 투어를 했다. 건너편 보트에서는 인도인 부녀가 빈디(Bindi, 인도 여성이 이마에 찍는 점) 스티커를 팔고 있었다. 처음 인도에 갔을 때 배운 것이 뭘 살 때는 무조건 가격 홍정부터 하라는 것이었다. 한 세트에 200루피를 부르길래 (숙소비가 200루피) 반값을 제시했더니 아주 흔쾌히 오케이 했다. 친구에게 내가 반값으로 깎았다고 큰소리치며 너도 같이 사자고 해서 한 개 가격에 두 개를 샀노라 의기양양했는데 보트에 내려 시장 구경을 하다 똑같은 빈디 스티커를 발견하곤 가격을 물어보니 40루피를 부른다. 잘못 들은 줄 알고 나도 모르게 큰소리로 'What!'하고 다시 한번 물어보니 돌아오는 대답이 더 당황스러웠다. 'How much do you want?' 네가 원하는 가격은 뭔데? 더 싸게 해 주겠다는 뜻이다. 그날 하루는 뭘 사려고 할 때마다 속고 있는 건 아닌지 의심과 의혹이 더욱 커져만 갔고 다음 날 새벽에 그 부녀를 찾아서 따지고 싶은 마음이 굴뚝같았다. 그렇게 나의 첫 번째 갠지스강 보트 투어는 아름다운 일출과 함께 사기를 당한 좋지 않은 추억으로 남아 있었다.

10월의 갠지스강이 너무 차가워서 보트 운행이 중단되고 당분간은 보트 투어가 불가능하다는 이야기가 있어서 11월 여행을 준비하던 우리는 보트를 못 타면 어쩌나 했는데, 다행히 보트가 다시 운행한다는 이야기를 듣고 안심이 되었다.

철수보트를 타기 위해 빤데이 가트에 다시 갔다. 새벽에 몇 번을 지나쳐도 찾지 못했던 곳을 오후에는 쉽게 찾을 수 있었다. 새벽에는 배도 고프고 다리도 아프고 해서 눈에 띄지 않았었나 보다. 바라나시를 한 번이라도 여행한 한국 사람이라면 철수보트의 철수 아저씨를 모르는 사람이 없을 것이다. 한국말을 유창하게 하는 철수 아저씨의 보트 투어는 바라나시의 역사와 갠지스강 화장터에 관한 이야기를 한국어 설명으로 들을 수 있어 좋았다. 보트 투어를 하다 보니 날이 어둑어둑해지고 가트 주변 건물들의 불빛과 화장터의 불빛들로 어느새 주변이 선홍빛으로 물들어 있었다. 매일 밤 해 질 녘에 갠지스강 메인 가트에서는 아르띠 뿌자(Arti Puja)라는 바라나시를 대표하는 종교행사가 펼쳐

진다. 바다의 신에게 안녕을 기도하는 경건한 의식이다.

바라나시의 갠지스강은 삶과 죽음 그리고 회개와 소망 등 여러 가지 인생의 의미를 담고 있다. 바라나시에서는 24시간 내내 화장터에서 시신을 태우는데, 시신을 태우는 장면은 사진으로 찍을 수 없고 화장을 준비하기 위해 나무를 태우는 사진 정도만 허락이 되었다. 시체가 타고 있는 강에서 사람들은 빨래를 하고 목욕을 하고 기도를 하며 종교의식도 한다. 그래서 바라나시를 '삶과 죽음이 공존하는 도시'라고 말하는 것 같다. 철수 아저씨 말로는 화장터 주변 건물들은 죽음을 기다리는 사람들이나 노인들이 머무르는 숙소라고 했다. 화장터 주변에는 주로 남성들만 있다고 하는데 그 이유는 여성들은 눈물이 많아 화장터를 우울하게 하기 때문이라고 했다. 힌두교를 믿는 사람들은 죽음은 끝이 아니라 또 다른 시작이라고 생각하며 갠지스강에서 시체를 태우고 영혼을 맡긴다.

보트는 가트를 따라가면서 철수 아저씨는 한국어로 인도의 역사와 갠지스강의 의미 등을 재미있고 상세하게 이야기해 주어 아이들도 즐거워했다. 철수 아저씨의 한국어 실력은 초급 수준이 아니었다. 상당히 전문적이고 고급스러운 단어를 사용했는데, 더욱 놀라운 것은 한국어를 독학했다는 것이었다. 철수 아저씨에게는 노를 젓는 아날로그 방식의 보트와 모터가 달린 보트두 종류가 있는데 본인은 노를 젓는 보트로 투어하는 것을 선호

한다고 했다. 이유는 모터보트는 소리가 시끄러워 투어하는 사람들과 대화하기 힘들어서라고 했다. 같이 보트를 탄 일행 중에 일본인도 있었는데 철수 아저씨는 영어와 간단한 일본어도 가능해서 깜짝 놀랐다.

바라나시에 대한 역사를 자세히 설명해 준 철수 아저씨에게 고마움을 표시하기 위해 호주에서 준비한 작은 선물을 드렸다. 수많은 한국 여행자들에게 친절하다고 소문난 철수 아저씨는 과연 매일 스쳐 지나가는 수많은 한국 여행자들을 어떻게 생각하고 있을까? 우리는 친절한 그의 서비스를 너무 당연하게 생각하고 있는 건 아닐까 싶다.

바라나시 골목의 아티스트

바라나시 골목골목에는 숙소나 카페 등을 알려 주는 표지판을 벽에다 사람이 직접 쓰고, 화살표를 그려서 안내해 준다. 벽에 쓰인 게스트하우스 이름이나 레스토랑 이름을 쓴 페인트 색상이 다 다르다. 헷갈리지 않게 하려는 의도임이 틀림없다. 거기다 글씨체도 각양각색이라 보는 재미가 쏠쏠하다. 골목길을 지나가다 나이 든 아저씨가 페인트 통을 들고 색이 바래진 글씨에 색을 덧입히고 있었는데 자를 대지 않아도 글씨가 반듯하고 흐트러짐이 없다. 남편과 아이들 모두 아저씨의 섬세한 손놀림에 감탄하고 글씨를 다 쓸 때까지 한참을 보았다.

인도에는 예술인들이 거리에 널려 있다. 노래가 나오면 다들 전문 댄서들처럼 춤도 잘 춘다. 어찌나 리듬을 잘 타는지 무용을 전공한 내가 봐도 손색없는 동작이다. 여행을 하다 보면 여기저기에 보이는 벽화나 간판도 다 사람이 직접 그린 것이다. 어찌나 디자인 감각이 뛰어난지 감탄이 절로 나온다. 한국에서는 1970~1980년대 영화 간판을 사람들이 직접 그렸다고 하는데 인도는 아직도 옛날 방식의 작업을 유지하고 있다. 아마도 공장에서 찍어 내는 것보다 사람이 직접 간판을 그리는 것이 더 저렴하기 때문일 것이다. 참 이상하다. 인도가 아닌 다른 나라에서라면 사람이 직접 그린 간판이 더 비쌌을 텐데 말이다. 예전에 인도 여행을 하다 가죽으로 만든 핸드메이드 샌들이 예뻐서 가격을 물어보니 일반 샌들보다 저렴했다. 보통은 핸드메이드가 훨씬 비쌀 텐데 더 싸게 파는 이유가 궁금해 물었더니 공장에서 만든 물건이니 비싸다는 게 이유였다. 엄청난 반전이다. 사람이 직접 손으로 작업한 물건들이 더 저렴하다는 것은 그만큼 인건비가 싸다는 뜻이다. 사람의 수고가 인정받지 못하는 것 같아 씁쓸한 마음이 들었다.

단골 가게, 최애 과자

처음 이곳에 도착해서 숙소로 들어가는 길에 학교 간이매점 같은 가게를 자주 애용하였다. 어디를 가든 미로 같은 바라나시에서 미아 가족이 되지 않기 위해 늘 익숙한 길로만 다녔고 숙소 앞의 가게는 현재 우리의 위치를 알게 해 주는 표지가 되었다. 우리 아이들에겐 엄마, 아빠 다음으로 많이 하는 말이 "물 주세요."였는데, 아이들이 물을 너무 좋아해서 외출 시에도 가장 큰 짐 중 하나이다. 여행 중인 지금도 조금 저렴하게 2리터짜리 물을 가방에 넣고 출렁이며 다닌다. 숙소에서 나와 가트를 걷다 숙소로 들어가면서 물을 또 샀다. 주인아저씨는 아이들과 같이 다니는 우리가 눈에 띄었는지 두 번째 방문에도 기억하시고는 아이들에게 까먹는 사탕을 하나씩 주셨다. 목이 마르다던 아이들은 사탕을 맛보더니 물은 찾지도 않는다. 그렇게 하루에 세 번 정도는 그곳에서 물을 사게 되고 물을 사면서 아이들 과자도 사게 되니 금세 단골이 되었다. 단골 가게에서 물 외에 우리가 자주 사는 것 중 또 다른 것은 인도에서 국민과자라고 불리는 팔레지(Parle-G)인데 인도 사람들이 짜이를 찍어 먹는 과자로 유명하다. 직사각형 모양인데 아이들과 나눠 먹기 딱 좋은 사이즈로 맛은 계란 과자보다 조금 더 달고 바삭해서 아이들이 무척 좋아했다. 우리나라의 새우깡만큼 역사가 오래된 팔레지는 내가 처음으로 인도를 여행했을 때 인도 음식의 향신료가 부담스러워 식사 대용으로 먹었던 과자다. 팔레지 포장지에 있는 그려진 여자아이의 머리 모양이 율이랑 비슷한 바가지 머리라 더 친근감이 갔다. 그래서 우리끼리는 '율이과자'라고 불렀다.

율이의 낮잠과 모두의 충전

아직 낮잠을 자야 하는 둘째를 위해 늘 일정 중에 1~2시간의 휴식 시간을 갖는다. 미리 준비하지만 늘 예측대로 되진 않는다. '지금이야!'라는 신호는 없지만 율이의 배가 부르고 신체리듬이 나른해질 즘이면 율이를 제외한 모두에게 '쉿!'이라는 수신호를 보내 상황을 공유한다. 모두 조용히 율이의 낮잠을 도와주어야 하는 것이다. 덕분에 우리도 하루 중간에 쉬는 시간을 갖는다. 잠이 오는 사람은 낮잠을 자고, 아닌 사람은 자기가 하고 싶은 것을 할 수 있는 자유 시간이다. 대부분 율이가 자면 준이와 아빠는 집에서 다운로드해 온 영화를 본다. 이번 여행을 위해 〈토이스토리 4〉를 준비했다. 〈토이스토리 2〉가 나왔을 때 첫 인도여행을 했던 기억이 있다. 여행 중에 몇 번이고 다시 보면서 대사까지도 외워버렸다. 모두의 체력을 보충하고 사색을 즐기며 여유를 갖는 알찬 시간이다.

가끔은 '설마 지금? 여기서?'라는 애매한 상황도 오지만 낮잠을 잘 자야만 밤에 잠도 잘 잔다는 엄마의 철학이 있기에 가족 모두 오 분 대기조의 긴박함으로 주어진 미션을 클리어한다.

잠을 자지 않으려고 할 때는 낮잠을 유도한다. 율이를 끌어안고 엉덩이를 토닥토닥하다 보면 순한 양이 되어 잠들어 있다. 아이를 끌어안고 재울 때는 다친 상처도 어루만져 보고 눈썹 결도, 콧구멍도 관찰하고 날숨의 냄새까지도 맡아 본다. 자는 동안의 율이는 아기 천사라는 말이 영락없다.

최고의 이발사

우리 가족이 여행을 가면 꼭 하는 일이 있다. 바로 그 나라에서 이발하는 것이다. 호주에서 남자 헤어컷은 25달러 정도 하는데 한화로 20,000원이 조금 넘는다. 인도에서 헤어컷은 50루피였는데 한화로 800원 정도였다. 정말 환상적인 가격이다. 많은 여행자들에게 인도에서의 이발 경험은 유명하다. 우리가 흔히 받는 이발 말고도 여러 종류의 서비스들이 있다. 인도의 이발소에서는 얼굴 마사지, 헤드 마사지, 면도까지 다양한 서비스들을 제공하고 있는데 그중 독특한 것은 귀 청소를 해 주는 것이다. 이발 이외의 서비스들은 가격을 터무니없이 높게 부르기도 하고 원하지 않는 서비스를 하고 비용을 청구하기도 하지만 한 번쯤 이발소에 가 보는 것도 재밌을 것 같다. 남편에게 얼굴 마사지를 권유해 봤는데 워낙 간지러움을 많이 타기 때문에 아쉽게도 체험을 하지 못했다.

우리 가족 중에서는 준이가 첫 번째로 머리를 잘랐다. 이발사는 땀을 뻘뻘 흘리면서 집중하여 정성스럽게 준이의 머리카락을 잘라 주었다. 분무기를 머리에 뿌리는데 얼굴 전체에 물이 다 튈 만큼 세게 뿌린다. 머리에서 물이 뚝뚝 떨어질 정도면 물을 뿌린다기보다 물을 갖다 붓는다는 설명이 더 적절하다. 가위질도 현란하게 잘한다. 모든 것이 완벽할 순 없듯이 청결은 기대하면 안 된다. 머리빗은 안 보는 게 차라리 맘이 편하다. 꼬질꼬질 때가 많이 끼어 있는데 그걸로 내 머리를 빗어 내린다. 율이를 제외하곤 우리 가족 모두 이곳에서 머리를 잘랐다. 율이는 바가지 머리를 하고 있는데 너무 잘 어울린다고 남편이 자르는 것을 극구 반대해서 자르지 못했다.

아무리 저렴하다고 하더라도 여자들은 나처럼 인도에서 헤어컷을 하지 않을 것이다. 머리끝만 살짝 다듬으려고 했는데 이발사는 나름 신중하게 잘랐지만 삐뚤삐뚤하다. 어차피 머리카락은 다시 자랄 거니까 가격을 생각하면 만족스러운 편이다.

지뢰밭 같은 골목길

처음에는 방목되고 있는 동물들이 관건이었지만 나중에는 동물들의 배설물들이 더 큰 문제라는 걸 깨달았다. 바라나시의 미로 같은 좁은 골목에는 소똥과 오줌이 길바닥에 뒤범벅되어 있다. 소가 오줌을 싸는 모습을 현장에서 목격하고는 어마어마한 양에 놀랐다. 난 처음에 그 물, 아니 오줌이 바닥을 청소하기 위해 뿌려 놓은 물인 줄 알 정도였으니 말이다. 아이들은 지뢰밭 같은 소똥 사이를 잘도 피해 다닌다.

그러던 중 돌길을 달리다가 오줌에 미끄러져 넘어진 율이가 일어나려고 하다가 소똥을 손으로 만지는 일이 일어났다. 엄청 깔끔쟁이인 율이는 소똥을 만진 충격이 엄청났다. 율이의 절망이 가득한 얼굴을 보고 있자니 웃음을 참을 수가 없었다.

그렇다고 그 오물들을 마냥 두는 것은 아니고 가마니 같은 곳에 똥을 담아 청소하는 사람이 있기는 한데 비닐봉지가 아닌 천 가마니라 오물이 밖으로 새어 나온다. 이렇게 거리를 청소하는 사람들은 인도에서도 가장 천한 계급인 불가촉천민이라고 했다. 불가촉천민이라도 윤회라는 삶의 순환을 믿으며 고되고 어려운 일을 참고 이겨내며 살아간다. 종교는 달랐지만, 거리를 깨끗하게 청소해 주시는 아저씨께 속으로나마 부디 평온하시기를 기도해 드렸다.

부메랑

　바라나시 시장 골목을 지나가는데 뼈만 앙상하게 남은 할아버지가 지팡이에 몸을 의지하며 힘겹게 걸어가고 있는 것을 보았다. 내가 여태까지 본 사람들 중 최고로 마른 사람이었다. 짧은 시간 동안 나는 어떻게 도와드려야 최선일까 생각해 보고 밥이라도 한 끼 사 드실 수 있도록 직접 돈을 드리기로 했다. 내 마음이 통했는지 할아버지는 다행히 거절하지 않으시고 마음을 받아 주셨다. 이내 힌디어로 준이에게 뭔가 이야기를 하기 시작했다. 아이에게도 어떤 느낌이 있었던 것일까? 말이 통하지 않는데도 한참 동안 할아버지의 말씀을 듣고 있었다. 뜻은 잘 모르겠지만 분명 좋은 말씀을 해 주셨던 게 틀림없다. 나중에 할아버지가 뭐라고 하신 것 같냐고 준이에게 물어봤다. 자기는 잘 모르겠다고 대답했다. 그런데 왜 그렇게 가만히 서서 할아버지 얘기를 듣고 있었냐고 했더니 그러고 싶었다고 대답했다. 그저 웃음만 나왔다. 준이가 저렇게 오랫동안 가만히 서서 누군가의 말을 듣고 있었던 적이 거의 없기 때문이다. 우리는 돈을 조금 드렸을 뿐인데 오히려 할아버지에게서 큰 것을 받은 느낌이 들었다.

　바라나시의 미로 같은 거리 곳곳에는 거리의 사람들, 아이들 그리고 순례자들이 도움을 필요로 하고 있었다. 그중에는 갠지스강 근처에 숙소를 잡고 죽음만을 기다리는 여러 다른 도시에서 온 환자들이나 노인들도 있다. 많은 힌두교인들은 죽음을 성스럽고 중요하게 생각하기 때문에 삶의 마지막을 보내기 위해 이곳으로 찾아온다. 힌두교의 철학은 카르마(업보)와 윤회로, 죽음은 끝이 아니라 또 다른 시작을 의미하기 때문이다. 그렇다고 모든 사람들이 바라나시로 올 수는 없다. 이곳을 오기 위해서는 큰돈이 들기 때문이다. 바라나시의 삶과 죽음을 그린 영화 〈Hotel Salvation〉(우리나라 제목은 〈바라나시〉였다.)은 아버지와 아들이 생의 마지막을 준비하기 위해 함께 바라나시로 여행을 떠나는 이야기이다. 한 번도 인도를 가보지 않은 사람들도 갠지스강은 알 것이다. 많은 사람들이 갠지스강을 더럽고 비위생적인 곳으로 알고 있는데, 내 지인들이 그렇게 얘기하면 내가 꼭 대변인이나 된 듯 '잘 들어 봐.'로 시작하여 다른 관점으로 설명한다. 왜 그곳에서 그런 행위들이 이루어지는지 말이다.

영화 〈Hotel Salvation〉은 갠지스강의 모습을 그대로 담아 내고 있다. 갠지스강에서 시체를 태우고 빨래를 하고 물을 길어가는 모습들이 담겨 있어 갠지스강을 더러운 곳으로만 알고 있던 사람들이라면 영화를 통해 갠지스강을 새롭게 체험할 수 있다. 겉으로만 보이는 것 말고 그 이면에 담겨 있는 이야기를 볼 수 있을 뿐만 아니라 직접 경험할 수 있는 관점 이상의 또 다른 시각적 효과의 감동을 느낄 수 있다.

거리의 사람들도 그들의 가난을 비관하지 않고 이 또한 업보로 받아들인다. 어쩌면 인도 사람들의 행복 지수는 다른 어떤 나라보다 높을 수도 있다는 생각이 들었다. 네 번째 인도 여행에서 만난 한 할머니가 생각났다. 우연히 길에서 만난 이 할머니도 앙상한 뼈가 다 드러나 보일 만큼 말랐었다. 전직 영어 교사였던 할머니는 영어로 소통할 수 있어서 이런저런 대화를 할 수 있었다. 고아 바가 비치(Goa Baga beach) 근처 허름한 집에서 혼자 살고 계셨는데, 결혼하지 않아 자녀도 가족도 없다고 했다. 할머니를 만난 다음날 나는 쌀을 사서 할머니를 찾아갔다. 20살 중반이었던 내가 어떤 마음에서 그랬는지 지금 생각나지는 않지만 맞벌이 부부였던 부모님 대신 키워 주신 우리 할머니가 생각나서 그랬는지도 모르겠다.

여행가의 수지 타산

오늘도 숙소 앞 가게에서 주인 할아버지의 알사탕으로 우리들의 기분은 '좋음'이 되었다. 아이들은 할아버지의 정에 함박웃음을 짓는다. 퍼스에서는 이런 정을 느끼기 힘들기 때문이다. 사탕을 받은 아이들은 할아버지가 좋은 사람이라고 말한다. 인도의 매력 중 하나가 바로 이런 작지만 따뜻한 마음인 것 같다. 그들의 작은 베풂으로 우리는 하루의 시작이 즐겁고, 기쁘게 또 우리가 가진 것을 나눌 수 있게 된다.

인도에서는 가끔 나 자신을 반성하게 된다. 바로 흥정 때문이다. 얼마 하지도 않는 돈을 깎으려고 실랑이를 하는 내 모습을 보고 있으면 참 어리석다는 생각이 든다. 예전에 부다가야(Bodh Gaya, 인도 동부)를 여행하다가 100원, 200원을 깎아 달라고 하는 내 모습을 본 한국 스님이 그걸 깎아서 얼마나 행복하겠냐고 하시는데 한 대 얻어맞은 느낌이었다. 가끔 말도 안 되게 가격을 높여 부르는 사람들도 있지만, 그 스님을 만난 이후로는 너무 인색한 사람이 되지 않기로 했다. 여행을 많이 하다 보니, 나보다 젊고 인도를 처음 여행하는 사람들도 만나는데 그들에게서 수년 전 내 모습을 보게 된다. 인도를 여행하는 사람들은 적은 비용으로 인도를 여행한 것을 영웅담처럼 이야기한다. 나도 처음에는 그랬다. 하지만, 시간이 지나고 또 여러 번의 여행을 통해 느낀 것은 내가 소비한 비용과 여행의 질은 비례한다는 것이다.

새로운 숙소를 구하다

바라나시 첫 번째 숙소였던 간 파티 게스트하우스를 하루밖에 예약하지 못해서 새로운 숙소를 구해야 했다. 합리적인 가격의 숙소로 옮기려고 찾아보니 빤데이 가트 주변에 한국 여행객들 사이에서 유명한 숙소가 많다는 걸 알게 되었다. 사진만 보고 선택했던 간 파티 게스트하우스와는 달리 다른 숙소들은 우리가 돌아다니며 직접 볼 수 있어 실패할 확률은 낮았다. 반면 선택을 한 후에는 불만이 있어도 내가 직접 보고 골랐으니 누굴 탓할 수도 없었다.

우리는 그 숙소들 중 옴 레스트 하우스(Om Rest House)로 옮겼다. 숙소 입구부터 너무 친근하게도 한국어로 이름이 쓰여 있었고 로비 앞에는 태극기와 이유는 알 수 없지만 수많은 한국 여행자들의 증명사진이 액자 속에 진열된 것이 흥미로웠다. 이곳은 우리가 처음 묵었던 숙소와는 시설이나 외관에서 차이가 있었지만, 하루 숙박비 2만 원에 에어컨 방을 쓸 수 있었고, 숙소 주인이 한국어도 가능해서 기분 좋게 이틀을 묵기로 했다. 어차피 숙소에서는 잠만 자고 샤워만 할 것이라 따뜻한 물만 나온다면 아무 문제가 없었다. 침구류가 축축한 것 같아 가져간 침낭을 이용해 자기로 했다. 로비에는 항상 한국 여행객들이 앉아 있었고, 일정을 공유하거나 여행지 정보를 주고받았다. 3층의 방에서 이틀을 지내기로 하고 짐을 푸는 사이 아이들은 새로운 숙소가 신기한지 복도를 왔다 갔다 하며 구경을 하고 있었다. 우리 옆방에는 인도 가족이 지내고 있었는데 준이 또래의 아이가 있어 아이들은 자기들끼리 신이 났다. 간 파티 게스트하우스가 옆집에 누가 있는지도 모르는 아파트 같은 느낌이었다면 옴 레스트 하우스는 담 없이 지내는 시골집 같은 느낌이었다. 아이들도 옮긴 숙소에서 좀 더 자유롭게 돌아다닐 수 있어 좋아했다.

옴 레스트 하우스로 옮기고 세상이 얼마나 좁은지 신기한 경험을 했다. 인도를 떠나기 전 정보도 얻고 나의 여행 경험도 공유하며 자주 드나들던 온라인 카페가 있었다. 워낙 유명하고 오래된 커뮤니티라 인도의 모든 정보는 그곳에서 쉽게 찾을 수 있었다. 내가 물어보는 질문에 답을 친절하게 달아 주던 분이 계셨는데 그분도 한국에 살고 있지 않다고 하여 공감대가 있어 자주 온라인으로 이야기를 했었다. 그분도 인도를 몇 번 가 보신 분이라 나처럼 인도에 대한 향수가 있었고 비슷한 시기에 인도를 간다는 것을 알게 되었다. 하지만 그 큰 인도에서 서로가 다른 여행 계획이 있으니 만날 수 있을 거라고는 생각하지 않았다. 그런데 정말 신기한 일이 일어났다. 우리는 서로 얼굴을 본 적도 목소리를 들은 적도 없다. 그런데 옮긴 숙소의 로비에서 한국 사람 몇 명이 이야기를 나누는 것을 보았는데 중년의 여성분이 유독 눈에 띄었다.

"혹시…. 그분이 아니신가요?" 하고 물어보니 놀랍게도 맞다고 하셨다.

그분도 일행이 있고 나도 가족이 있어 길게는 이야기하지 못했다. 서로가 그저 "이렇게 만나네요."라는 말만 반복하며 쑥스럽게 헤어졌다. 그분을 바로 알아보다니 정말 신기한 경험이었다.

인도의 음악을 배우다

바라나시에 오는 사람들은 여러 가지 목적이 있다. 당연히 첫 번째 목적은 갠지스강을 보는 것이고, 요가나 명상을 하러 오는 사람들도 많다. 그 다음은 쇼핑인데 다양한 색상과 재질의 옷감이 유명하기 때문에 옷을 사거나, 또는 타블라(Tabla)나 젬베(Djembe) 같은 타악기를 저렴하게 사기에 좋은 곳이기 때문이다. 지나가다 발견한 '수르수다 음악 교실'은 한국어 간판이라 눈에 확 띄었고, 심지어 거기에는 '원빈 쌤과 함께하는 놀라운 음악의 세계로'라는 문구가 적혀 있었다. 막상 원빈 쌤의 실물을 보니 차라리 원빈보다는 원빈의 본명인 김도진이라는 본명이 더 잘 어울릴 듯했다. 아이들에게 재밌는 경험이 될 것 같아 레슨을 30분만 해 보기로 했다. 알고 보니 원빈 쌤은 '왼쪽', '오른쪽' 단어 정도만 말할 줄 알았다. 원래는 수영 선생님이 본업이고 음악 교실은 부업이라고 했다. 하지만 관광객이 많은 겨울에는 수영 레슨보다 악기 레슨으로 버는 돈이 더 많다고 했다. 원빈 쌤의 집은 젬베 레슨을 하는 곳 바로 위층이었는데, 우리 아이들 또래의 아들이 있다고 해서 이름을 부르니 바로 내려왔다. 선생님이 아들에게 친구들이 왔으니 젬베 연주를 해 보라고 하자, 현란한 손놀림과 함께 수준급으로 젬베를 연주했다. 내가 만난 인도 사람들은 아이들을 포함하여 젬베나 타블라 종류의 악기를 거의 다

다를 줄 알았다. 그들의 문화가 노래와 춤이 생활화되어 그런지도 모르겠다. 인도의 발리우드(Bollywood) 영화만 보더라도 그 안에 희로애락, SF, 뮤지컬이 다 녹아 있다. 전통음악 소리가 하루 종일 끊이지 않고 울려 퍼진다. 인도 사람들은 한국 사람들만큼이나 흥을 알고 즐길 줄 아는 사람들이다.

곧잘 따라 하나 싶더니 결국은 젓가락 장단처럼 내 맘대로 박자를 만들어 즉흥 난타 쇼로 마무리하였다. 기대는 작았지만 잘 배운 것 같다.

길 위에서 만난 인연

첫날 델리에서 잠깐 스치듯 인사를 나눈 한국 청년들이 있었다. 여행하다 보면 스치는 인연들이 많은데 바라나시에서 다시 만나니 반가웠다. 특히나 아이들이 좋아했다. 이 낯선 곳에 도착한 지 얼마 되지도 않았는데 아는 사람이 생기다니 말이다. 남자 아이들은 형들이나 동성의 어른을 선호하는데 20대 초반의 청년들은 젊은 혈기가 왕성해서인지 방전 없는 아이들의 에너지를 그대로 받아들여 같이 잘 놀아 주었다. 특히나 한국 사람이 많지 않은 곳에 살다 보니 아이들이 한국 사람들을 만나면 더 반가워하는 것 같다. 한 달 좀 넘게 여행 중이라는 두 친구는 우리와 여행 경로가 비슷했지만, 우리의 여행 일정이 2주 정도로 짧아서 한 도시에 오래 머무르지 못해 바라나시 이후로는 다시 보지 못했다. 그러나 바라나시 이후로도 SNS로 이들의 여행을 보면서 우리가 하지 못한 여유로운 여행을 부러워하기도 했고, 내가 그들의 나이였을 때 했던 지난 여행들을 추억해 보기도 했다. 그들도 나의 여정을 보면서 여행 정보를 얻기도 하고 나에게서 맛집을 추천받기도 하였다.

아이들이 없을 때의 여행과 아이들이 함께하는 여행은 정말 많이 다르다. 준이와 율이로 인하여 이번 여행은 더 많은 인도 사람들과 교류할 수 있었던 것 같아, 나의 여섯 번째 인도 여행은 또 새로운 의미로 첫 번째 인도 여행인 것처럼 느껴졌다. 아이들과 함께 여행하면 사실 많이 지치기도 하지만 장점도 많다. 아이들 덕분에 서비스를 받을 수 있어 인도 사람들 사이에서 친절을 느낄 수 있었고, 먼저 우리에게 손을 내밀어 주는 경험도 있었기 때문이다. 기차에서 같은 칸도 아닌데 지나가다 아이들에게 말을 걸어 주고 놀아 주는 인도 사람들 덕분에 지루한 시간들을 견딜 수 있었다. 그들은 무슨 대가를 바라고 아이들에게 시간을 내어 주는 것이 아니었다. 어디를 가든 구멍가게 아저씨는 물을 사면 꼭 사탕 몇 개를 아이들 손에 쥐여 주신다. 적어도 내가 느낀 인도는 정이 많은 나라이다.

수년 전 혼자 인도 여행을 하다가 남인도 고아(Goa)에서 델리

(Delhi)까지 이틀 넘게 기차를 탄 적이 있다. 여자 혼자 3등 칸 기차를 이틀을 꽉 채워서 타고 가는 것은 안전한 일은 아니다. 인도에서 행운의 여신이 나를 따라다니는지 같은 칸에 있던 친절한 인도 대학생들 3명이 내가 부탁하지도 않았는데 돌아가면서 내 말동무도 되어 주고 화장실을 갈 땐 내 짐을 지켜 주었다. 기차에서 파는 도시락이 내키지 않아 과자로 끼니를 때우고 있을 때 같은 칸에 있던 대부분의 인도 사람들은 선뜻 본인의 도시락을 먹어 보라고 건네주었다. 나에게 인도는 혼자 여행을 떠나도 여러 명의 친구가 금방 생기는 곳이었다.

사랑받다

하루에 한 번씩 아니 두 번 정도는 카페에 들러 아이들과 당 충전을 해야 서로가 평화로운 여행을 할 수 있다. 아이들은 아이스크림이나 달달한 케이크나 빵을 먹고 남편과 나는 설탕 가득 커피 한 잔을 마셔야 또 다른 목적지로 향할 수 있는 기운이 난다. 지나가다 아이들이 다리가 아프다고 해서 들른 모나리자 카페는 몇 년 전에 한국 사람들에게 닭볶음탕이 맛있다고 소문났던 곳인데 어떤 이유에서인지 요즘은 한국 사람들의 발길이 끊겼다고 한다. 인터넷을 검색해 보니 그렇게 인기 있다던 닭볶음탕 비주얼이 정말 맛없어 보여 왜 사람들이 오지 않게 되었는지 알 것 같았다. 그래서 남편과 나는 식사 대신에 커피와 케이크 하나를 시켜 골목 밖의 사람들을 구경하고, 아이들은 좁은 카페에서 여기저기 기웃거리며 자기들만의 놀이를 하면서 시간을 보내고 있었다. 카페 안쪽에는 커다란 어항이 있었는데 마침 이끼 청소와 물갈이를 하고 있었다. 아이들에게는 재미난 구경거리가 생겼다. 그 나이 때는 궁금한 것투성이인데, 그 앞에 붙어서 조잘조잘 카페 직원들에게 끊임없이 뭔가를 물어보고 있다. 아이들을 지켜보던 카페의 주인 할머니가 율이가 귀여운지 손짓으로 이리 오라 하시면서 따뜻하게 안아 주셨다. 율이는 아직 한국을 한 번도 가 보지 못했다. 그래서 친할머니, 할아버지를 만나 본 적이 없고 친구들의 할머니, 할아버지를 부러워한다. 우리 아이들은 나이 드신 어르신들을 좋아한다. 처음 보는 할머니나 할아버지들을 어려워하지 않고 먼저 인사를 건네거나 말을 걸곤 한다. 카페 할머니가 율이에게 이리 오라고 손짓을 하시자 율이는 너무나 아무렇지 않게 할머니에게 다가가 품 안에 쏙 안기는 그 모습이 따뜻하게 느껴졌다.

숙소에서 나와 좁은 골목을 지나면 우리 가족이 머리를 잘랐던 이발소가 나온다. 매일 아침 그리고 귀갓길에는 이발소를 지나게 되는데 이발사를 하루에 두세 번씩 만나니 친근하게 느껴졌다. 아침에는 숙소에서 나오는 우리를 보고는 "어디를 가니?" 하고 물어보고, 저녁에 숙소에 들어갈 때는 "어디 다녀왔어?"라고 물어본다. 꼭 하루를 그에게 보고하고 다니는 느낌이었다.

골목에는 항상 소들이 지나가거나 서 있는데 소들이 길에 멈춰 서 있을 때면 우리도 덩달아 같이 움직이지 못한다. 소가 꼬리를 이리저리 휘두르는데 그 꼬리에 맞을까 봐 무서워 옆을 지나가지 못하고 얼음이 되어 버린다. 어른인 나도 무서운데 아이들은 더 난리도 아니다. 정의의 용사가 나타날 때까지 기다리다 보면 누군가 나타나 우리가 지나가기 편하도록 소의 머리를 만지작거리며 주의를 분산시켜 우리가 지나갈 수 있게 해 준다.

먼저 자리했던 소에게 뒤늦은 사과를 하자면 "소란스럽게 지나가서 미안하다."

벌거벗은 아랫도리

인도에서는 정말 많은 거리의 아이들을 만나게 된다. 아이들은 그룹으로 뭉쳐서 보호자도 없이 잘도 돌아다닌다. 연령대가 정말 다양하게 섞여 있는데 아직 어려 보이는 아이가 아기를 안고 다니는 광경도 정말 흔하게 보게 된다. 그런 아이들은 보통 아기를 내세워서 구걸한다. 아기가 배고프니 도와 달라는 제스처를 하면서 말이다.

인도 거리에서는 아랫도리를 안 입은 아가들도 자주 볼 수 있다. 아마도 기저귀 값이 만만치 않으니 아예 벌거벗겨 놓는가 보다고 생각했다. 하긴 밥 먹을 돈도 없는 그들에게 기저귀는 사치품일 수도 있을 것이다. 처음에는 그것도 모르고 바지 안 입은 아이들을 보면 우리는 가져간 바지들을 나누어 주었다. 생각해 보니 아직 화장실 트레이닝이 안 된 어린아이들을 아랫도리를 벗겨 안고 다니는 것 같았다.

내가 첫아이를 임신하고 낳았을 때 내 평생 받을 축복은 다 받아 본 것 같았다. 30살 후반 고령임신이라 더 그랬는지도 모르겠다. 아이를 갖고 낳는다는 것은 쉬운 일이 아니고 38주 동안 아이를 배 속에서 잘 지키는 것은 조심스럽고 어려운 일이다. 나는 거리에서 아기를 안고 다니는 엄마들을 보면서 마음이 아프고 짠한 감정이 들었다. 게다가 우리가 아이를 낳고 가장 먼저 준비하는 기저귀와 물티슈가 인도 거리의 아이들에게는 혜택을 받을 수 없는 물건들이라는 생각이 드니 마음이 아팠다. 내가 당연하다고 여겼던 평범한 것들의 소중함을 새삼 느꼈고, 내가 당연하다고 생각했던 것이 당연하지 않은 곳이 있다는 것도 알게 되었다.

끝나지 않은 전쟁

숙소에서의 체크아웃 시간이 가까워질 때쯤 행여나 아쉬울까 여러 인도여행 정보들을 검색하면서 마지막 여행 코스를 짰다. 이미 길들은 여러 번 다녀 익숙해진 탓에 소젖을 짜는 외양간, 과일가게, 카페, 빵을 굽는 가게들이 이젠 전혀 흥미롭거나 새롭지 않았다. 오히려 걸음을 재촉하였다.

맛있기로 소문난 여러 라씨 집들이 있지만 시원 라씨가 눈에 들어왔다. 미소가 인자해 보이는 주인장과 라씨의 종류가 엄청 다양하고 처음 들어 본 메뉴들이 많았다. 플레인 라씨를 시작으로 커피 라씨, 석류 라씨, 바나나 코코넛 라씨 등이 있었는데 이 집에서 제일 인기가 많다는 바나나 코코넛 라씨를 먹었는데 기본적으로 모든 라씨에 석류가 들어가 있었다. 흙으로 빚은 작은 그릇에 라씨를 주는데 먹고 나면 깨 버리면 되는 그릇이다. 다 먹고 그릇을 바닥에 던져 깨는 것이 유일하게 허락된 일인 것 같기도 하면서 희열을 느낄 때도 있다. 시원 라씨의 벽에는 지금까지 다녀간 한국 여행객들의 발자취가 고스란히 남겨져 있었다. 방명록같이 쓰인 글들과 명함 사진들이 빼곡했다. 수많은 사람들의 추억이 그곳에 남겨져 있었고 내 추억도 더했다.

다시 숙소로 돌아오는 길에 군복의 정복과 전통 옷을 혼합하여 입은 군인들을 만났다. 무장을 하고 큰 깃발들에 소리를 지르는 군인들을 보니 한국에서 민방위 훈련을 할 때 실제 전쟁이 난 것 같아 당황했다는 외국인들처럼 우리 가족만 일촉즉발의 심정으로 현장을 뛰어 도망쳐 나왔다. 숙소에 복귀 후 주인에게 설명하니 늘 이슬람과 힌두의 종교적 분쟁이 끊이지 않고 종교적 가치를 지키기 위해 대치 중이니 되도록 피하라고 조언해 줬다. 엄청나게 폭력적이지는 않았지만, 군중들의 열기로 심장이 몸 밖으로 튀어나오는 기분이었다. 좀 전까지 맛있게 먹었던 라씨의 맛도 까맣게 잊어버렸다.

굿바이! 바라나시

바라나시의 일정도 어느덧 막바지에 이르러 아그라로 떠나기 위해 다시 배낭을 짊어지고 복잡한 바라나시 시장통을 지나 릭샤 흥정을 할 수 있는 도로까지 걸었다. 인도 여행은 사실 반은 이동이다. 짧은 일정으로 많은 것을 보여주고 싶은 나의 욕심 때문에 우리의 여행에는 이동이 많았다. 릭샤를 타고, 기차를 타고, 다시 걷기를 반복해야 목적지에 다다를 수가 있다. 그 속에서 느림에 익숙해지고 기다림을 받아들일 수 있는 유연함이 생기게 된다. 성질이 급하고 기다림을 참지 못하는 나에게는 인도의 느림을 경험하는 것이 나 자신을 내려놓는 데 조금이나마 도움이 되었다.

바라나시에서 아그라로 가는 기차표도 호주에서 예약을 해두었다. 준이 학교 같은 반 인도 친구의 부모님이 예약을 도와주었는데, 그 가족은 아직 바라나시와 아그라도 가보지 못했다며 우리의 여정을 부러워했다. 워낙 넓은 나라이다 보니 여행자들이 작정하고 돌아다니는 많은 여행지들을 인도 현지인들은 오히려 경험하지 못하는 경우가 많다. 나 또한 한국에서는 그 유명하다는 전주도 못 가 봤으니 말이다.

율이는 숙소에 나와 릭샤를 타기 위해 걸어가는 동안 잠이 들어 버렸다. 얼마나 피곤했으면 시끄러운 시장을 지나는데도 너무 잘 잤다. 기차역까지 릭샤를 타고 가는 길에 다시 돌아올 바라나시에게 마지막 인사를 하며 눈에 그 길들을 새겨 두었다.

바라나시, 윤회의 끝을 의미하는 곳. 인도 사람들이 평생 한 번이라도 와 보고 싶어 하는 이곳에 두 번이나 올 수 있었던 건 행운이라고 생각한다. 처음 왔던 20년 전의 일들이 아직도 생생하다. 여행을 많이 다녔지만 갠지스강을 품은 바라나시만큼 매혹적인 곳은 없었다. 오랜 시간이 흘러서 다시 바라나시를 찾아왔을 때도 변함없기를 바라 본다.

어김없는 연착 그리고 기다림

아이들과 함께 배낭을 메고 기차역을 찾아가려면 평소 걷는 걸음보다 느릴 것 같아 일찍 출발했다. 다행히 예정 시간보다 먼저 도착해서 여유 있게 기차를 기다리기로 했다. 인도 여행에서는 기다림과 느림을 즐길 줄 알아야 여행도 즐겁게 할 수 있다. 빈 페트병을 수거하는 아저씨와 기차에서 먹으려고 사 놓았던 비스킷도 나누며 지루한 시간을 잘 버티고 있었다.

인도의 기차는 99%가 연착이라고 할 수 있다. 운이 좋게 델리에서 바라나시는 지연 없이 도착했는데 결국 우려했던 일이 일어났다. 바라나시에서 아그라는 무조건 연착이라는 이야기를 많이 들었지만 막상 닥쳐 보니 기약 없는 기다림이 초조하고 짜증이 났다. 한 시간이 지나고 두 시간이 지나고 세 시간이 지나자 아이들은 어느새 기차를 기다리는 사람들과 사진도 찍으면서 즐기고 있었다. 우리나 기다리는 것이 익숙하지 않지, 이곳 사람들은 느긋하기만 하다. 오후 3시에 도착했는데 7시가 지나서야 기차에 오를 수 있었다.

인도의 기차는 기다림과 느림의 미학을 담고 있다. 기차가 정시에 도착하지 않으면 처음에는 실망감이 몰려오지만, 어느새 기다림으로부터 오는 기대감과 여유로움이 있다. 세상은 빠르게 변하고 발전하고 있지만 인도는 참 천천히 성장하는 나라인 것 같다. 20년 전에도, 10년 전에도, 그리고 지금도 나에게 인도는 여전히 느리고 질서 없고 기다림이 익숙한 곳이다. 나라면 언성 높여 싸우고 화낼 만한 상황에서도 인도 사람들은 그러려니 하고 마는 일들이 부지기수이다. 여행을 하다 보면 인도인들이 '나마스떼'보다 '노프러블럼'을 더 많이 쓰는 게 이해가 된다. 인도 사람들은 불편함을 삶으로 받아들이고 있었다. 기차 이야기를 하다 보니 류시화 작가의 『하늘 호수로 떠난 여행』에서 릭샤왈라 차루와의 일화를 담은 내용이 생각난다. 작가는 릭샤왈라 차루에게 기차표 예약을 부탁했는데, 정작 여행 당일에 나타나지 않아 웃돈을 더 주고 겨우 기차표를 구하여 여행을 다녀왔다. 그 후 다시 만난 차루가 아무 일도 없었다는 듯이 까먹었다고 말해 작가가 화를 내자 차루가 "그렇다면 왜 화를 내시는 거죠? 잘 다녀왔으면 그걸로 노프러블럼 아닌가요? 이미 지나간 일인데 그런 것 때문에 화를 낸다면 어리석은 일 아닌가요?"라고 말했다. 그때 작가는 차루가 릭샤왈라가 아니라 마치 모든 인생의 문제를 초월한 성자 같았다고 했다. 살아가면서 지난 일을 다시 끄집어내어 감정을 소모할 필요가 없는 것이다.

기차에서 하룻밤을 같이 보낸 인도 사람들은 어느새 친구가 되어 있다. 기차역에 설 때마다 그들은 아쉬운 작별을 하며 내린다. 그들 중에는 이 짧은 만남을 기억하고 싶어 사진을 함께 찍는 사람들도 있다. 내가 느낀 인도 사람들은 만남을 즐거워하고 정이 깊다. 꼭 어린아이처럼.

아그라(Agra)

외국인 전용 창구에서 기차표 예매하기

아그라역에 도착하자마자 다음 날 새벽에 탈 자이푸르행 기차를 예약하려고 외국인 전용 창구를 찾았다. 이번 여행에서 처음으로 직접 기차표를 사러 갔다. 처음 인도에 왔을 때부터 이전 여행까지는 직접 기차표를 샀다. 나는 그 번거로움이 좋다. 미리 예매를 하면 일정이 확정되어 버리는 그 느낌이 싫었다. 그때그때 마음이 바뀌는 곳으로 여행을 즐기고 싶었다.

인도 사람들이 예매하는 곳은 줄이 어마어마하고 새치기도 심해 기차표를 사기 힘들다. 다행히 인도는 외국인 전용 창구를 따로 만들어 외국인 여행객들을 배려해 준다. 얼마나 친절한지. 아그라의 외국인 전용 창구는 기차역 밖으로 나와서 조금 걸어가다 보면 바로 옆 건물에 있었다. 표를 사려고 도착하자 운이 좋게 외국인 전용 창구에 줄도 길지 않고 사람도 많지 않았다. 줄을 서고 있던 인도 군인들은 홍해가 갈라진 모세의 기적처럼 줄을 서고 있던 길을 열어 나에게 순서를 양보해 주고 친절하게 기차표를 사는 것도 도와주었다. 사실 인도 사람들은 외국인 전용 창구에서 표를 예매하면 안 되지만 간혹 이곳을 이용하는 막무가내인 인도 사람들도 있긴 하다. 기차표를 사다가 인도의 무질서와 새치기 등에 학을 뗀 경험도 자주 들었는데 나에겐 그런 안 좋은 기억보다는 기분 좋은 기억들이 더 많았다. 많은 유튜버나 여행자들이 인도 여행의 단점과 불편함을 크게 부풀려서 말하는 경우가 많은데 내가 경험한 인도는 여행자들에게 친절한 면이 훨씬 많았다.

새벽 출발이라 아이들을 재우고 싶어서 에어컨 침대칸을 알아봤는데 좌석이 없어 할 수 없이 선풍기 달린 좌석을 예약했다. 나도 아직 한 번도 타 보지 않았던 좌석이라 걱정도 되고, 새로운 경험에 설레기도 했다. 5시간 정도의 길지 않은 거리였지만 좁은 좌석에서 아이들이 잘 버텨 주길 바라 본다.

사랑을 확인하고 싶은 타지마할

아그라에서는 하루만 있다 갈 계획이라 새벽에 도착하여 하루를 꽉 찬 여행을 하려고 했는데, 기차가 연착되는 바람에 변수가 생겼다. 원래 예상했던 도착시간보다 두 시간이나 늦어져서 우리는 숙소에 도착하자마자 짐을 풀고 타지마할(Taj Mahal)로 향했다. 사실 이런 상황에서는 늦었기 '때문에'라기보다 '덕분에'라는 말을 쓰는 것이 맞는지도 모르겠다. 그 이유는 타지마할이 가장 아름다운 시간이 이른 아침 해 뜰 무렵과 이른 저녁 해가 질 때쯤이기 때문이다. 타지마할이 아름다운 수많은 이유 중에 빛의 위치에 따라 색이 변하는 신비로움이 있다. 숙소를 타지마할에서 멀지 않은 곳으로 예약한 터라 걸어서 갈 수 있었지만, 미리 알아본 결과 타지마할 입구까지 무료 셔틀버스를 이용하기로 했다.

드디어 도착한 타지마할! 타지마할을 본 소감이 어떠냐고 묻는다면 로얄 게이트 정면에서 아이보리빛 대리석과 정교하고 섬세한 꽃문양 장식으로 만들어진 거대한 타지마할을 본 준이의 말 한마디로 정의할 수 있다.

"엄마 저거 그림이야?"

아이의 눈에는 새하얀 타지마할이 그림같이 보였나 보다.

그동안 내가 봐 왔던 아름답고 위대한 건축물들은 종교적으로 쓰이거나, 미술품들을 전시하는 용도로 쓰였는데, 무덤이라고 하기에는 너무 아름답고 웅장한 타지마할의 아름답고 슬픈 이야기는 꼭 꾸며 낸 전설 같다. 무굴 제국의 황제였던 샤 자한이 사랑했던 왕비 뭄타즈 마할을 추모하기 위해 만든 무덤 타지마할은 무려 22년 동안 노동자 약 20만 명과 코끼리 천여 마리를 동원하여 완공되었다고 한다. 한 사람을 사랑했던 샤 자한의 마음을 대변하고 많은 이들의 희생과 고통으로 완성된 아름다운 건축물로 보이지만 그 안에는 아름다움이 다가 아닌 가슴을 울리는 사연들이 들어 있다. 얼마나 사랑해야 이렇게까지 할 수 있는 걸까?

인도의 타지마할이 세계 7대 불가사의에 속하게 된 이유는 세계 최대의 대칭형 건물이기 때문이다. 인간의 한계를 넘어선 공사 규모뿐만 아니라 이곳에 투자한 천문학적인 비용과 인력 때문에 불가사의의 건축물로 꼽는 것이다. 나는 한 여자로서 한 남자의 그리움과 사랑의 무게가 얼마나 컸으면 이런 거대한 타지마할을 사랑의 징표로 만들었을까? 하는 부러움과 감동을 느꼈다.

오랜만에 온 타지마할은 20년 전 자유로운 느낌의 타지마할과는 무척 달랐다. 예전에는 잔디밭에 누워서 오랫동안 타지마할을 감상할 수 있었는데, 지금은 입장하는 절차도 매우 까다로워지고 주변의 조경들은 정갈하게 정리가 되어 있었고 잔디밭에는 들어갈 수 없었다. 무질서하고 지저분하다고만 생각했던 인도인들의 숨겨진 모습을 타지마할에 찾을 수 있었다. 오랫동안 수많은 사람들이 방문했음에도 이 성스러운 곳을 깨끗하게 유지하고 존중하며 지키고 있는 것에 머리가 숙여졌다.

타지마할에 세 번이나 올 수 있었던 나는 갑자기 엄마에게 죄송스러운 마음이 들었다. 10년 전 엄마와 함께 인도를 여행했을 때 나는 한 번 가 본 타지마할을 굳이 비싼 입장료를 주고 또 가

고 싶지 않아 엄마 혼자 델리(Delhi)에서 출발하는 타지마할 일
일투어를 신청했다. 아침 7시에 출발하는 투어였는데, 간단한
요깃거리로 빵을 좀 준비해서 엄마를 집합 장소에 모셔다 드렸
다. 그날 늦은 시간에 엄마는 너무 피곤하고 화난 얼굴로 숙소에
돌아오셨다. 황당하게도 엄마는 타지마할을 보지 못했다고 했
다. 엄마의 불만은 타지마할에 가는 버스에서부터 시작되었는
데, 엄마 좌석의 유리창이 깨져서 바람이 계속 들어와 엄마가 운
전기사에게 말하자 '노프러블럼'이라고 말하고 신경 쓰지 않았다
는 것이었다. 그래서 엄마가 가지고 있던 비닐봉지와 대일밴드
로 창문을 막았더니 운전기사가 오히려 '굿! 굿!'이라며 좋아했단
다. 타지마할에 도착하여 입구에서 짐 검사를 하다 음식물 반입
이 안 된다고 엄마에게 보관함에 음식물을 보관하고 오라고 해
엄마가 보관함에 짐을 두러 간 사이 일행과 가이드가 사라졌단
다. 엄마는 미리 버스 번호를 메모해 둔 덕분에 제복을 입은 사
람을 찾아 버스로 데려다 달라고 몸짓, 손짓으로 이야기했다고
한다. 엄마의 말을 빌리자면 '미(me) 브레드(bread) (손짓으로
보관소를 가리키며) 가이드 슝(사라졌다는 뜻)~'이라고 설명했
고 다행히 경찰관이 무슨 말인지 알아들어서 버스가 주차된 곳
으로 엄마를 데려다주었다. 그 후로 엄마는 가이드와 일행들이
올 때까지 버스 앞에서 기다리다가 타지마할은 들어가 보지도
못하고 다시 델리로 돌아오신 거였다. 엄마는 일행이 타지마할

투어를 끝내고 돌아와 버스에 타자마자 긴장이 풀려 울음이 터질 뻔한 걸 간신히 참으셨다고 아주 나중에 말씀하셨다. 아마도 돌아온 날 밤에는 화가 나서 그 감정을 잠시 잊으셨는지도 모르겠다. 엄마는 델리로 돌아오는 내내 휴게소에서도 안 내리고 자리를 떠나지 않았다고 하셨다. 이 먼 곳까지 온 엄마를 혼자 보내서 결국 타지마할을 구경도 못 하게 한 것 같아 두고두고 미안한 마음이 가득했다. 네 번째 오게 될 타지마할은 한국에 계시는 엄마와 호주에서 살고 있는 내가 만날 다음을 기약한 장소로 남아 있는 곳, 어떤 이들에게는 사랑, 이별 그리고 만남이 이루어지는 곳이 될 것이다.

슬픈 역사

인도의 역사를 알아 갈수록 불편한 진실들을 마주하게 된다. 과거 영국의 침략과 식민 지배는 영어를 공용어로 강제하고 인도의 독립을 막기 위해 종교분쟁을 부추긴 결과 파키스탄이라는 나라의 탄생을 야기했다. 대한민국의 국민이기에 충분한 이해심과 동질감을 갖게 한다. 국민들의 분열을 조장하여 인도와 파키스탄으로 분리가 되었고 대한민국 또한 강대국들의 이념 문제로 남과 북으로 나뉘어 분단국가가 되었다. 두 나라 모두 오랜 시간

식민 지배를 받은 같은 역사를 가진 셈이다.

　강대국의 약탈로 인해 인도의 많은 문화재들이 타국의 전리품이 되어 전시되고 있는 것 또한 슬픈 현실이다. 찬란했던 타지마할의 본 모습은 이제 찾아볼 수 없고 타지마할을 아름답게 꾸며 주던 보석들은 영국 어딘가 있을 것이다. 영국에서 살 때 TV에서 보았던, 엘리자베스 여왕이 행사 때마다 쓰고 있는 왕관을 더욱 빛나게 장식하는 코이누르(Koh-I-Noor) 다이아몬드도 인도를 지배하던 당시 약탈해 간 인도의 보물 중 하나이며 현재까지 인도로의 반환을 요구하고는 있지만 역시 줄 리 없다. 과거에 대한 이야기나 역사를 공부하고 관광지를 방문할 때면 시간 여행을 하는 것처럼 과거와 현재를 느끼고, 소설 같은 이야기가 내 눈앞에서 파노라마처럼 지나간다.

차별적 입장권에 대한 의아함

　어느 관광지를 가던 입장권을 내는 것은 당연하다고 생각한다. 유적을 보존하기 위한 노력과 수단은 관광객의 정당한 보수를 통해서라고 생각하기 때문이다. 하지만 자국민들의 수요만으로도 유지가 되는 유적이 아니라면 모를까, 내국인과 외국인의 가격 차이가 10배가 넘는 경우는 너무하다는 생각을 넘어 불쾌하다.

인당 1000루피 하는 입장료에 생수 한 병과 일회용 덧신을 준다.

인도 대부분의 유적지는 입장료를 내야 하는데 저렴한 물가에 비해 입장료가 비싸게 느껴지니 배고픈 배낭여행자들은 정말 유명한 유적지가 아니면 그냥 패스하기도 한다. 하지만 인도 대부분의 주요 명소는 지나치기 너무 아쉽기 때문에 두둑하지 못한 주머니 사정을 가진 여행자라도 무리를 해서 갈 수밖에 없다. 내가 처음 타지마할을 방문했던 20년 전에는 매월 첫째 주 지정된 요일에 타지마할 입장료가 무료였다. 그래서 무료입장을 할 수 있는 날에 맞춰 여행 일정을 짜고 타지마할을 방문했었다. 현재는 샤 자한의 생일인 7월 21일에만 입장료가 무료라고 한다. 인도의 7월이라…. 내가 12월과 7월에 타지마할을 여행한 적이 있는데, 7월의 타지마할은 상상도 하기 싫을 만큼 뜨거웠고 더웠던 기억이 난다. 샤 자한의 사랑 이야기고 뭐고 가슴으로 뭔가를 느낄 수 있는 여유조차 없었다.

여행의 일등 공신

인도에 도착한 날부터 지금까지 유모차를 단 한 번도 본 적이 없다. 유모차를 끌고 이동하다 보면 외국인을 보는 건지 유모차를 보는 건지 알 수 없는 시선들도 있었다. 문화 수준을 비교하는 것은 결코 아니지만, 유모차를 신기하게 보는 것이 나에게도 또한 신기한 일이다. 유모차는 때로 짐차가 되기도 하고 아이들의 안락한 쉼터가 되기도 한다. 여러 가지로 다양하게 활용할 수 있기에 아이들이 있는 집에서는 필수 아이템인 셈이다. 나도 아이들과 함께하는 인도 여행은 처음이라 다수의 인도 여행 경험에도 유모차에 관한 생각에는 반신반의가 있었다. 오히려 짐이 되지 않을까 하는 고민이 되었다가 그래도 배낭에 애까지 들쳐 업는 것보다는 낫겠다 싶어 가져왔는데 우리에게는 효자 노릇을 톡톡히 했다.

인도의 거리가 잘 포장된 길이 아니다 보니 자갈길처럼 유모차를 끌고 가기 불편한 곳에서는 아이들도 잠시 하차했다가 다시 승차한다. 내 유모차에서는 승객과의 합이 잘 맞는다.

어차피 다시 가져올 계획은 없었기에 이 또한 나눔의 하나여서 잘 사용하다 가장 필요해 보이는 누군가에게 주고 올 생각이었지만, 아이들과의 여행에 없어서는 안 될 중요한 것이어서 최종 말레이시아 쿠알라룸푸르에서의 하루 일정을 위해 챙기기로 했다.

혼잡 속 하이패스

타지마할 입구까지 가는 무료 셔틀버스는 사람들이 질서 있게 탔기 때문에 돌아오는 길에 우리에게 생길 일을 전혀 알 수 없었다. 타지마할에서 숙소로 돌아가는 무료 셔틀버스는 타기가 하늘에 별 따기였다. 줄 서는 건 바보짓이었다. 셔틀버스가 보이자마자 마구 뛰어가는 인도 사람들 때문에 몇 대를 놓쳤는지 모른다. 포기하고 걸어갈까도 생각했는데 아이들이 힘들어해서 금방 포기했다. 우리가 버스를 타려고 몇 번을 뛰어가도 계속 놓치자 우리를 쭉 지켜보면서 손에 엽서를 들고 팔던 빡빡머리 소년이 자기에게 맡겨 보라는 제스처를 하면서 처음에는 이렇게 해라, 저렇게 해라 하며 훈수를 두다가 그래도 우리가 계속 버스를 놓치자 보다 못해 답답했는지 셔틀이 보이자마자 셔틀로 뛰어가 자리를 잡고 우리를 불러서 그 덕분에 셔틀을 탈 수 있었다. 그런데 갑자기 셔틀을 지키던 남자들이 그 아이 머리를 냅다 후려쳤다. 그들만의 룰을 어기거나 침범했던 모양이었다. 준이도 율이도 깜짝 놀라 쳐다보고, 나도 너무 놀라고 미안하고 화가 났다. 복잡한 감정이 한꺼번에 내 가슴 안에서 소용돌이쳤다. 오히려 아이는 그런 일이 익숙하다는 듯이 멋쩍게 웃고 있었다. 그 아이가 어떤 마음으로 우리를 도와줬는지는 모르지만 고마운 마음에 적은 돈을 쥐어 주었다. 적은 돈으로 표현하기에는 말할 수 없이 미안한 마음이었다.

다음 날을 위하여

  새벽 일찍 나가야 해서 저녁을 든든하게 먹기로 했다. 숙소 근처에 Good Vibes Café 루프탑에 외국 여행객들이 식사하는 모습을 보고 우리도 그곳에서 식사를 하기로 했다. 아직 인도 음식을 낯설어하는 아이들을 위해 기본에 충실한 볶음밥과 볶음면, 그리고 난을 주문했다. 거기다가 인도에서 처음 본 신식 커피 기계까지 완벽하게 갖춰져 있어 커피를 좋아하는 나는 식전 커피도 함께 주문했다. 깨끗한 음식과 친절한 직원들로 인해 아이들도 우리도 만족스러운 식사를 할 수 있었다. 어떤 이유에서인지 주방장이 나와서 우리에게 음식을 어땠는지 물어보고 악수까지 청했다. 우리 말고도 외국 여행자들이 두어 테이블 더 있었는데 우리에게만 특별하게 직접 응접해 주니 귀빈 대접을 받는 느낌이 들었다.

  우리는 다음 날 새벽 5시 기차를 타야 해서 늦어도 4시에는 일어나서 기차역으로 가야 했다. 식사 후 바로 세 남자는 곯아떨어졌다. 우리가 머무른 곳은 호텔이 아닌 가정집의 방 하나를 게스트룸으로 만든 곳이었는데, 제공해 준 담요가 눅눅하고 감촉도 좋지 않아 우리는 준비해 간 침낭을 사용했다. 남편과 아이들이 나란히 누워 자는 모습을 보고 있자니 짧은 일정으로 많은 곳을 보여 주고 싶었던 내 욕심 때문에 우리 식구들이 힘들지 않을까?

하는 생각이 들었다. 혼자 왔던 인도는 그 자체로도 흥미롭고 좋았지만 조금 외로웠던 시간들이 있었다. 이제 든든한 내 가족과 함께 여행하니 상대적으로 힘든 순간도 있지만 여행 벗이 있어서 외롭지도 심심하지도 않다.

여행을 하면서 느낀다. 우리의 여행이 하루하루 지나갈수록 가족과 함께 시간을 보내는 것이 얼마나 소중하고 기쁜 일인지 말이다. 행복은 가까이 있는데 우리는 멀리서만 찾고 있는 건 아니었을까? 여행을 하다 보니 가족의 소중함이 좀 더 보이고 가족으로 인한 행복을 새삼 느끼게 된다. 식상한 이야기일 수도 있지만 지금 내게는 가장 적합한 말이다.

자이푸르(Jaipur)

새벽 기차역

지난 밤의 평온함을 깨기 위해 일부러 모인 것 같이 새벽 기차역은 북적북적 많은 사람들로 활기가 넘친다. 오늘의 기차를 위해 어제부터 기차역에서 노숙을 한 사람도 있고, 새벽 기차를 타기 위해 바쁘게 움직이는 사람들도 보인다. 다들 각자 사연들이 있을 것이다. 붐비는 사람들 속에서 우리가 탈 기차를 찾는다. 예측할 수 없는 기차여행은 오늘도 무슨 일이 일어날까 기대하게 된다.

새벽 5시 드디어 기차에 올랐다. 기차가 출발하지도 않았는데 돈을 벌겠다고 북 치고 노래하는 소녀가 있길래 돈을 지불하고 사진을 한 장 찍었다. 어린아이들은 노련하게 기차 안을 구석구석 돌아다니며 끊임없이 노래하고 돈을 요구한다. 기차에 삶을 건 아이들은 아무것도 두려울 것이 없어 보인다. 무임승차로 기차 안을 돌아다니다 역무원이 오는 것을 보고는 너무 익숙하게 기차에서 뛰어내린다. 다행히 기차는 출발 전이었다. 우리 아이들과 비슷한 또래의 소녀는 분명 미소를 짓고 있었지만 그 미소마저도 마스크를 쓰고 있는 것 같았다.

인도의 많은 아이들이 가난으로 인해 교육받지 못하고 그렇게 가난은 대물림된다. 그리고 그것이 자연스럽게 받아들여지며 가난한 사람들은 현실에 순응하고 살아간다. 얼마 전 본 영화 〈화이트타이거〉에서는 가난한 인도인들의 삶을 닭장에 갇힌 닭에 비유한다. 닭장에 갇힌 닭들은 곧 죽을 걸 알면서도 도망치지 않고 가만히 있는다. 곧 죽을 걸 알면서도 자신들의 운명에 순응하고 닭장을 벗어날 생각조차 하지 못한 채 체념하고 살아간다는 것이다. 인도의 빈민가에서 태어나 가난하게 살아가며 고달픈 삶을 당연하게만 생각하는 그들을 생각하니 서글픔이 밀려온다. 어디까지나 내 시선에 느껴지는 개인적인 생각일 뿐 그들이 만족하며 그 삶을 받아들이고 그 안에서 행복을 찾는다면 내가 타인의 삶을 평가하기에는 선을 넘는 행동일 것이고 각자의 삶을 존중해야 할 부분이다. 너무 많은 것을 경험했고 배웠고 보고 들은 나는 그들이 느낄 사소한 행복을 느끼지 못하는 부분이 틀림없이 있을 것이다. 이 또한 다른 이의 시선에서는 안타까울 수 있을 테니 말이다.

헬로! 자이푸르

자이푸르의 숙소는 역에서 걸어서 15분 정도인데 릭샤를 타려면 오히려 돌아가야 해서 좀 힘들더라도 걸어가기로 했다. 인도에 와서 걷는 것이 익숙해질 즘이었다. 지루하거나 힘들 틈은 없었다. 정신없이 달려오는 자동차와 오토바이, 릭샤들을 이리저리 피해야 하기 때문이다. 인도의 도로는 우리가 알고 있는 도로가 아니다. 차선도 없고, 차들이 바로 옆의 차량과 거의 붙을 정도로 붙어서 운전을 하기 때문에 인도에는 좌우 사이드 미러를 갖춘 차량이 많지 않다. 아예 없거나 접혀 있는 차들이 대부분이다. 인도에서는 차를 살 때 사이드 미러가 필수 사양이 아니라 옵션이라고 한다. 아예 옆을 보지 않겠다는 얘기다. 신호등도 따로 없으니, 도로를 지나는 일에 모든 집중력을 동원해야 가능한 일이다. 마구 달리는 차들을 보면 총알을 피하는 게 더 쉬울 것 같다.

인도 여행 중 릭샤를 타게 되면 대부분이 바가지를 씌우려고 하여 매번 가격 흥정을 하는 번거로움이 있었는데 자이푸르에서 처음 탄 릭샤 할아버지는 우리가 만난 몇 안 되는 정직한 릭샤왈라였다. 처음부터 합리적인 가격에 친절하기까지 했다. 우리는 기분이 좋아져 잔돈을 받지 않았다.

숙소에 짐을 풀어놓고, 점심을 먹기 위해 'Barbeque Nation'이라는 고기 뷔페를 갔다. 인도에 와서 자이푸르까지 오는 동안 제대로 식사를 하지 못해 선택한 곳이다. 고기를 우리가 직접 가져오는 것이 아니라 직원들이 리필해 주는 형식으로 대부분의 고기들은 각종 향신료와 특제 소스가 들어가 있었지만 아이들을 위해 소스를 바르지 않은 치킨을 따로 준비해 주었다. 물도 무료인데, 심지어 직접 따라 주는 등 서비스가 좋았다. 꼬치구이 이외에 콘버터 비슷한 걸 주었는데 정말 맛있었다. 아이들이 먹기에 부담 없는 난도 종류가 많아 여러 번 리필해서 먹었다. 우리는 평일 런치 시간에 갔는데 가격이 499루피(한화로 9,000원) 정도인 데다 아이들은 무료라 부담 없이 즐길 수 있었다.

평일 낮 시간임에도 불구하고 사람들이 많았다. 우리나라의 패밀리레스토랑에서 생일인 사람에게 직원들이 생일 축하 노래를 해 주는 것 같이 이곳에서도 생일 이벤트와 무료 케익까지 준비해 주고 있었다. 율이는 레스토랑에 도착할 때쯤 릭샤에서 잠이 들어 우리가 식사를 거의 다 할 때까지 일어나지 않았는데 무료 식사를 놓치는 것이 안타까웠던 찰나 적절한 타이밍에 일어나서 새우 꼬치와 난을 다시 리필해서 점심을 먹였다. 다행이다 싶었다. 'Barbeque Nation'은 디저트도 많았는데 아이스크림 말고 다른 인도 전통의 디저트들은 우리가 먹기에는 너무 단 것들이었다.

인도에서 만난 스빠시바(Спасибо)

  자이푸르 숙소에 도착하여 체크인하는 사이에 있었던 일이다. 로비 에어컨 앞에 널브러져서 홍조를 띤 볼을 연신 부채질을 하며 식히고 있었다. 체크인과 동시에 환전을 하는 통에 시장에서 막 뛰어온 듯한 사장님 포스의 남자와 숨 막히는 거래를 하던 차에 한 외국인 손님이 로비로 내려와 '워터'를 반복해서 외치고 있었다.

  한 손에는 일행들의 여권을 들고 있었기에 국적을 알 수 있었는데, 그들이 말하는 영어의 악센트도 '나 러시아사람이에요.'를 캐치할 수 있었다. 우크라이나에서 2년을 살았고 직장에서 러시아와 근방 CIS 국가들과 교류를 해 왔기 때문에 바로 알 수 있었다. '도와줄까?' 하고 러시아어로 물어보니 그의 눈이 휘둥그레졌다. 러시아어를 하는 동양인을 인도에서 볼 거라고는 생각하지 못했던 것 같다. 내가 우즈베키스탄이나 카자흐스탄에서 온 고려인이라고 생각했는지 내가 한국 사람이라고 하니 더욱 놀라는 표정이 되었다. 러시아 청년의 말은 보통 숙소에 오면 생수가 제공돼야 하는데 생수가 방에 없으니 생수를 달라는 내용이었다. 언어도 다르고 문화도 다르지만 짧은 영어 실력으로 기백 있고 당당하게 주장하는 모습이 남달라 보였고 호텔 사장도 내 느낌과 크게 다르지 않았는지 인원수에 맞게 시원한 생수를 제공해 주었다. 영어와 러시아어를 사용하는 나의 모습에 호텔 사장은 독특한 동양인의 능력을 칭찬해 주었으며, 어깨가 으쓱해지는 순간이었다. 호주에서 산 이후로 러시아어를 쓸 기회가 많지 않아, 공원이나 도서관에서 러시아어를 쓰는 사람을 만나게 되면 눈치를 살피다가 한마디씩 건네곤 했는데, 그렇게라도 말하고 연습해서 잊지 않으려는 마음이 도움이 된 순간이었다.

'바람의 궁전' 하와마할

식사를 마치고 우리는 바람의 궁전 '하와마할(Hawa Mahal)'로 이동했다. 오래전 바깥출입이 쉽지 않았던 왕국의 여인들을 위하여 셀 수 없이 수많은 창문들이 벌집처럼 만들어져 밖에서는 안이 보이지 않지만, 안에서는 거리와 시장의 모습을 볼 수 있게 건축되었다. 이 창문들은 왕궁의 여인들과 바깥세상을 연결하는 유일한 통로인 셈이다. 하와마할 안에서 바깥의 시장을 내려다보니 핑크빛 도시라는 이름답게 자이푸르의 모든 건물들이 핑크색으로 물들어 있었다. 자이푸르가 '핑크빛 도시'가 된 이유는 자이푸르의 건물들이 모두 핑크색이기 때문이다. 1876년 에드워드 7세가 영국 왕세자 시절 자이푸르를 방문했을 때 환영의 의미로 시내 모든 건물을 분홍색으로 칠한 이후 도시 전체가 핑크빛으로 물들었다. 그때부터 자이푸르는 온 도시를 핑크색으로 유지하고 있으며 지금도 건물에 다른 색을 칠하지 못하도록 하고 있다고 한다.

길 건너에서 하와마할을 마주하고 서서 성안의 여인들이 좁은 창문으로 내가 서 있는 곳을 보고 있는 모습을 상상해 본다. 어쩌면 조선시대 좁은 가마 안의 여인이 밖을 몰래 훔쳐보는 모습 같기도 하다. 하와마할은 너무 커서 카메라 앵글 안에 다 밀어 넣기에 역부족이었다. 5층짜리 건물이라고만 표현하기엔 정말 한마디로 엄청 펀치가 강한 건물로 압도되는 느낌이었다. 화려한 건축양식과 핑크색이 오래 기억에 남는다. 하와마할 길 건너편으로는 하와마할을 밖에서 감상할 수 있는 루프탑 카페들이 있었고, 주변에는 여러 기념품 가게들이 있었다.

하와마할을 보고 바로 암베르포트로 가려고 했는데, 자이푸르에서 정말 가 보고 싶었던 카페가 있어 촉박한 시간을 쪼개서 가 보았다. 초콜릿을 좋아하는 사람이라면 한 번쯤 가 볼 만한 곳이라고 소문난 닙스 카페였다. 인도에서 수준급 라떼아트를 볼 수 있었다는 것이 신기했고 카페 인테리어도 정말 맘에 들었다. 커피와 디저트를 먹고 있는데 갑자기 정전이 되었다. 놀란 우리 가족들과는 달리 역시나 인도스럽게 아무 일도 없다는 듯 사람들은 어두운 카페에서 여유로워 보였다. 맛있는 커피는 여행의 피로도 녹여 주었다. 앞으로 우리에게 어떤 험난한 고비가 올지도 모르고 말이다.

당황 혹은 황당

인도 여행의 반은 이동이라는 말이 있다. 순조로이 일정을 이어 나가기 위해선 계획된 일정대로 차표를 구하는 것이 관건이다.

도착과 동시에 다음 행선지의 차표를 예매해야 마음이 한결 가벼워진다. 차표를 사려고 줄을 서 있으면 긴 줄을 기다리는 지루함과 동시에 새치기하는 인도인들의 뻔뻔함이 현타를 줄 때가 종종 있다. 지루함은 지루한 대로 간이 토크쇼로 무료함을 달랠 수 있지만 새치기하는 인도인들을 상대하는 것은 정의로움을 떠나 이방인으로서 서러운 마음이 먼저 든다. 싸우자니 이길 자신은 없고, 부당함을 참으려니 속이 끓고, 끝없는 불쾌함을 연거푸 한숨과 말해 봤자 알아듣지도 못하는 한국말로 대신하는 게 최선이었다.

자이푸르에 도착하여 다음 행선지의 열차표를 사려고 기다리던 중에 역시나 만만한 타깃으로 선정되어 중년의 한 현지 남성이 깜빡이도 안 켜고 우리 앞으로 끼어 들어왔다. 한숨 스킬과 한국말 비속어 스킬로 방어를 했지만 역부족이었고, 그의 뻔뻔함 앞에서 우리는 한낱 어린이들에 불과했던 상황이었다. 이때

우렁찬 목소리와 함께 우리의 히어로인 역무원이 등장하여 확성기를 장착한 듯 큰 소리로 새치기하였던 남성을 줄의 맨 끝으로 추방했다. 심지어 끝으로 쫓겨난 남성과 역무원이 계속 티격태격하여 여러 다른 새치기 무리로부터 우리 줄을 보호해 주는 시트콤 같은 상황을 연출해 주었다. 아직도 그때만 생각하면 웃음이 지어진다.

'하늘의 성' 암베르포트

짧은 여유를 뒤로하고 릭샤를 타고 암베르포트(Amber Fort)로 가려고 했는데, 카페 근처에는 릭샤가 잘 잡히지 않았다. 택시를 타기에는 거리가 꽤 멀어 비용이 많이 나올 것 같아 내가 릭샤를 고집했던 것이 비극의 시작이었다. 겨우 릭샤를 탔는데 우리가 탄 릭샤는 기름 연료로 가는 릭샤가 아닌 전기를 충전해서 가는 릭샤였다. 처음에 탔을 땐 차이를 전혀 느끼지 못했다. 하지만 우리가 가야 할 암베르포트는 바위산 기슭에 세워진 곳으로 가파른 언덕길을 올라가야 했는데 전기 릭샤는 힘이 부족해서 겨우겨우 기어가는 듯했다. 거기다 엎친 데 덮친 격으로 충전된 전기도 부족한 것 같았다. 아까 우리가 앞서 지나갔던 낙타가 결국 우리를 다시 추월하는 웃지 못할 상황까지 벌어졌다. 낙타보다도

느렸다면 말 다한 셈 아닌가…. 하지만 릭샤왈라는 어떻게 해서라도 목적지까지 가야만 했다. 그래야 우리에게 비용을 받을 수 있으니 말이다. 결국은 낙타를 끄는 아저씨가 도와주어 낙타가 릭샤를 끌고 갔다. 그래서 예상했던 도착시간보다 30분이나 늦어 버려 우리가 보려던 빛과 소리 공연은 이미 시작되고 있었다.

우리가 릭샤에서 내리자마자 암베르포트로 올라갈 지프차들이 관광객을 기다리고 있었다. 다들 호객행위를 하고 있었는데 가격을 너무 터무니없이 높게 불러서, 안 그래도 릭샤 때문에 지칠 대로 지쳐 있었는데 화까지 났다. 날은 어두워지고 아이들은 힘들어하는데 짧은 일정으로 빠듯했던 계획에 차질이 생기자 짜증이 났다. 여기까지 와서 암베르포트를 안 보고 가는 것은 아쉬웠지만 더 이상 기분 상하고 싶지 않아 돌아가기로 했다. 우리는 암베르포트에 올라가지 않고 멀리서 빛과 소리 공연을 보기로 했다. 멀리서 번쩍이는 암베르포트를 보고 있자니 별의별 생각이 다 들었다. 닙스 카페에 가지 않았더라면, 택시를 타자던 남편 말을 들었더라면 하는 후회들로 머릿속이 복잡했다. 이미 벌어진 일에 대해 자꾸 속상해하지 말고 남은 시간을 즐겼으면 더 좋았을 거라는 생각은 나중에 들었다.

돌아가던 길에 다시 만난 낙타 아저씨는 우리가 공연을 놓친 것을 보고는 공연장까지 데려다줄까 하며 여러 방법을 제시했지만 이미 우리는 지치고 기분도 상하고 공연을 볼 마음이 없었다.

아저씨는 준이에게 낙타 한번 타 보라며 우리의 기분을 풀어 주려고 했다. 아저씨를 만나 웃을 수 있었고 지나간 일에 대해 더 이상 마음을 쓰지 않기로 했다. 인도에서는 누군가에게 상처받은 마음을 다른 사람으로부터 치유받는 일을 종종 경험하게 된다. 인도 시장에서 빈디 스티커를 샀는데 시중 가격보다 몇 배나 비싸게 산 것을 알고는 게스트하우스 할머니에게 넋두리했더니 지난번에 마사지해 주어서 고마웠다며 10루피를 주셨다. 사실 내가 사기당한 돈은 더 컸지만 할머니가 주신 용돈이 기분을 좋게 만들어주었다. 누가 인도에서 여행하며 현지인에게 용돈 받을 일이 있을까? 어디서 어떻게 도움을 받을지 우리는 모른다.

길 위의 인연이 마음 상한 우리 가족에게 베풀어 준 따뜻한 배려였다. 암베르포트는 아무것도 기억이 안 나지만 우리를 위로하던 낙타 아저씨는 잊을 수 없이 감사한 추억이다.

조드푸르(Jodhpur)

21세기형 유목민

조드푸르행 기차를 타기 위해 다시 새벽 4시에 일어나 기차역
으로 향했다. 바라나시를 떠난 이후로 하루에 한 도시씩 찍고 이
동하는 빡센 여행이 삼 일째였다. 원래 아이들 좌석은 따로 예약
을 안 하고 어른 좌석 두 개만 예약해서 아이들을 안고 다녔다.
여행이 계속되어 힘들어서 조금 편하게 가겠다고 준이 좌석까지
세 개를 예약했는데 어이없게 붙어 있는 좌석이 아니었다. 우리
좌석은 세 개가 나란히 붙어 있는 좌석 중에 가운데와 복도 쪽
좌석, 그리고 바로 뒤 라인의 가운데 좌석이었다. 두 개가 나란
히 우리 좌석인 라인의 창가 쪽에는 몸집이 큰 아저씨가 앉아 있
었다. 혹시 몰라 자리를 바꿔 줄 수 있는지 물어봤다. 아저씨가
안 바꿔 줘도 너무 당연한 일이었지만 우리의 예상을 깨고 아저
씨는 한 번에 오케이 했다. 아저씨는 기꺼이 우리와 자리를 바꿔

주고 불편한 가운데 좌석에 앉았다. 창가 쪽 좌석에서는 충전도 할 수 있었는데 가운데 좌석으로 가면서 충전도 못 하게 되었다. 이렇게 친절한 인도 아저씨가 있을까? 이런 천사 같은 아저씨에게 우리는 여유분 휴대용 충전기를 선물로 주었다.

아저씨의 배려로 함께 앉을 수 있었지만 셋이 앉아서 가는 좌석을 아이들과 넷이서 앉아 가려니 답답하고 불편해서 준이와 통로로 나와 기차 밖을 구경하며 시간을 보냈다. 갑자기 통로에 서서 가던 아저씨가 사진을 같이 찍자고 손짓한다. 어떤 사람은 돈을 받고 사진을 찍고, 어떤 사람은 돌려받지도 못할 사진인 걸 알면서도 같이 사진을 찍는다. 이래저래 인도 사람들은 사진 찍는 것을 좋아하는 것 같다.

인도 원정대의 업무 분담

여행 베테랑인 엄마의 지휘하에 해야 할 일들은 공평하게 분배된다. 나에게는 끝도 없는 집안일이라고 생각되는 자질구레한 일들이 아이들에게는 놀이도 되었다가 경쟁을 할 수 있는 상황을 만들어 주기도 한다. 거기에 칭찬 한마디만 거들면 더 빠르게 움직여 주니 나 또한 재미가 있다.

트레블러 간판 앞에 완전한 열외는 없다. 작은 일이라도 성취

감은 분명 존재하기에 이불 정리, 빨래 접기, 신발 정리, 분리수
거, 쓰레기통 비우기 등등 심부름을 아이들에게 맡긴다. 일단 완
장만 채워 주면 일을 기다리는 하이에나가 된다. 자리가 사람을
만든다는 이야기가 거짓이 아님을 증명한 셈이다. 책임감을 몸
으로 배우는 교육의 과정이라고 생각한다. 3살 어린이치고는 꽤
나 집중력이 높아서 소매가 뭉개지고 옷이 뒤집혀 있어도 옷 가
게 점원처럼 각을 살려 잘 접는다. 3살 어린이가 빨래 개는 모습
을 보고 있자면 대견함이 이루 말할 수 없다.

캡처가 아닌 모션으로서의 기억

　이전까지 사진으로만 여행을 기록했다면, 이번 여행부터는 영
상도 같이 남기기로 했다. 이미 많은 돈이 여행을 위한 지출에
사용되어 지갑을 뒤집어도 동전 하나 떨어지지 않는 재정이었지
만 카메라만큼은 포기할 수 없었다. 팔자에도 없는 영상 공부를
하고 동영상을 찍을 수 있는 카메라를 샀다. 여분의 배터리와 액
세서리도 같이 구매하였다. 최근 들어 이렇게 고가의 물건을 사
본 게 언제인지도 기억이 나지 않을 만큼 큰 결심이었다. 다행히
남편이 큰 흥미를 가진 것 같아 카메라의 쓰임에 큰 기대를 가져
보았다. 여행의 순간들을 그대로 담을 수 있어 언젠간 다시 보면

인도에서의 '우리의 모습'과 '우리의 목소리'가 여행의 추억을 떠올려 줄 수 있을 거라고 생각했다.

율이가 새근새근 낮잠을 자면서 보이는 들숨과 날숨, 혈관의 맥박, 솜털까지도 다시 볼 수 있고, 미소 천사 준이의 모습들도 다시 볼 수 있다. 사진은 '그랬었지.'라는 기억을 되새기게 해 주고, 영상은 '그랬었구나.'라는 왜곡되지 않은 퍼즐의 완전체를 마주하게 해 준다. 정지된 사진과 생생한 모션이 담긴 영상은 추억을 떠올리는데 각자의 역할을 충실히 해 준다. 우리는 사진으로 과거를 마주하며, 카메라에 담긴 사진과 영상으로 추억을 기억하고 그리워하고 그 모습을 생생하게 볼 수 있다. 내 젊은 날, 아이들이 커 가는 성장 그리고 그 안에서 느껴지는 미묘한 감정들이 있을 것이다. 후회 없이 살고 사랑하고 경험하고 기억하고 싶다. 순간순간이 아름다운 기억들로 채워 가길 바란다.

엄마 유전자 Ctrl C, Ctrl V

흥에 살고 흥에 죽는 엄마를 우리 아이들은 빼다 박았다. 가만히 있지 못하는 입과 골반은 어디서든 분주하다. 길거리에서 천상의 가무를 즐길 때면 구경하는 인도 사람들이 어떻게 생각할지 조심스러워 괜히 아이들의 재롱을 만류하기 일쑤였다. 사실 너무 미안한 일이었다. 아이들은 어떤 계산 없이 즐거울 뿐인데, 부모라는 존재가 남들의 시선을 의식하여 아이들을 말리고 감정 없는 어린이로 만드는 비겁한 어른이었다니 말이다. 남들의 시선이 뭐가 중요하단 말인가? 호주에서는 아이들의 재롱으로 피로를 풀곤 했었던 내가 왜 인도에서 갑자기 조심스러워지는 것인가? 그렇게 하지도 않아도 시선이 집중되어서 자제시킨 것 같다. 돌이켜 생각해 보면 나 또한 젊었을 때 그 시선을 즐기지 않았나? 무대 위에서 박수를 받고 조명 아래서 즉흥적으로 춤을 출 때 진짜 행복한 나였던 것처럼 우리 아이들도 본능에 충실하게 행동할 수 있도록 해 주어야지.

5살, 3살 어린이들이 언제까지나 흥에 겨워 춤을 추고 노래를 부르지 않을 것을 알고 있다. 곧 사춘기가 오면 춤과 노래는커녕 대화도 힘들어질지 모른다. 그때를 생각해서라도 아이들을 말리는 것이 아니라 적극적으로 아이들이 마음껏 흥을 발산할 수 있도록 내버려 둬야겠다.

블루시티

드디어 우리는 조드푸르에 입성하였다. 조드푸르역에 도착하자마자 델리로 돌아갈 기차표를 알아봤지만, 예약이 꽉 차서 결국 슬리핑 버스를 웃돈까지 주고 예매해야만 했다. 자이푸르에서 조드푸르행 기차표를 살 때 델리행 기차표도 함께 알아봤어야 했다고 뒤늦은 후회도 해 보지만 그나마 버스라도 예약했으니 다행이라고 생각했다. 즉흥적으로 기차표를 사는 것은 여행의 재미도 되지만 큰 모험이기도 하다.

인도는 나라가 크다 보니 한 번 방문으로는 겨우 도시 몇 군데를 볼 수 있을 정도이다. 인도에 여섯 번이나 와 봤지만 아직도 못 가 본 도시가 수두룩한데, 그중에는 한 번 방문해 보고 좋아서 여러 번 가게 되는 도시들도 있다. 여러 번의 인도 여행에서도 조드푸르는 처음 방문이라 가슴 벅차게 기대되었다. 남편과 연애 시절 함께 본 뮤지컬 〈김종욱 찾기〉는 조드푸르가 배경이 되어 한국에서 유명해졌다. 우리는 그날 뮤지컬을 보고 인도의 향수에 젖어 동대문에 있는 네팔 음식점 에베레스트에서 커리와 난을 먹었다. 그렇게 귀가 닳도록 인도를 들은 남편은 드디어 인도에 왔다며 좋아했다. 〈김종욱 찾기〉는 영화로도 개봉이 된 후 많은 사람들이 이곳을 방문하게 되었다고 들었다. 여행에서 만났던 첫사랑을 찾는 이야기인데, 이들이 처음 만난 곳이 바로 조드푸르였다. 젊은 청춘들에게는 이곳이 어떤 만남을 기대할 수 있는 설레는 곳이 될 수도 있을 것이다.

새벽부터 일찍 출발한 데다 조드푸르에 도착하고 나서는 다음 기차표 예매하느라 하루의 반을 보낸 후, 카르마 헤리티지 게스트하우스(Karma Heritage Guesthouse)에 도착해서 방에 들어가 자마자 아이들은 침대에 누워 즐거워한다. 퍼스에서는 하루 종일 놀아도 체력이 방전되지 않던 아이들도 여독에는 장사가 없다. 장난감이 없고 텔레비전이 없어도 누울 수 있다는 것에 즐겁고 감사함을 느낄 수 있다는 자체가 큰 변화이다.

이곳은 지금까지 우리가 머문 숙소 중 가장 비싼 곳이었다. 사실 조드푸르에 오래 있을 것을 생각하고 바라나시, 아그라, 자이푸르에서 숙박비를 아꼈다. 방문을 열고 나가면 화려한 장식과 천장 위 푸른 유리를 통해 숙소 안이 푸른빛으로 물들었다. 숙소는 골목 안에 위치하여 조용하고 이전 숙소에 비해 깨끗하고 좋았다.

아빠와 아들

여행은 계속 걷는 일의 연속이다. 마냥 걸으며 지나왔던 길을 다시 걷고, 좀 전에 지나친 관광객들과 눈인사도 나누며 인도를 눈에 담고 있었다. 남편이 큰아이와 손을 잡고 걷다가 문득 질문 하나를 던졌다.

'준아, 아빠가 일 안 가고 매일매일 준이랑 놀고 있으니깐 너무 좋지??'

'응, 너무 좋아. 아빠, 아빠 일 안 갔으면 좋겠어.'

남편이 출근할 때면 매일 아이들은 현관에서 졸린 눈을 비비며 같이 놀면 안 되냐며 남편을 조르곤 했다. 그럴 때면 남편은 애꿎은 보스를 핑계 삼아 이렇게 상황을 설명했다.

'준아, 아빠 빨리 가야 해. 지금 안 가면 아빠 무서운 보스한테 혼나!'

'아빠, 내가 보스 혼내 줄게, 이렇게 내가 때려 줄 거야.'

모처럼 같이 여행을 와서도 여전히 아이들은 아빠를 뺏어 가는 보스에 대한 원망이 가득하다. 남편은 아이들과 함께 시간을 보내 주지 못함에 미안하고, 퇴근 후에도 피곤함을 핑계 삼아 아빠의 역할을 소홀히 했다는 데 또 미안해한다. 반성하면 끝이 없을 테니… 당장에 지금부터라도 더 아이들 이야기에 귀를 기울이고 함께 즐거운 시간을 보내는 것이 좋은 아빠가 되는 첫 번째 방법일 것이다.

김모한 식당에서 느낀 한국인의 정

디스커버리 게스트하우스 옥상에 위치한 김모한 식당은 루프탑 레스토랑인데 뷰가 장관이었다. 푸른빛으로 가득 찬 도시가 너무 아름다웠다.

조드푸르에서의 첫 식사로 한국 음식을 선택했다. 한국인들

사이에서 유명한 '김모한 레스토랑'은 김모한이라는 사람 자체에 대한 안 좋은 소문이 많았지만, 뷰가 좋기로 유명하고 식사에 대한 평도 좋아서 선택했다. 참고로 김모한은 네팔 사람이다. 식당에는 우리 말고 두 팀이 더 있었다. 중국인으로 보이는 손님에게 음식이 맛있는지 물어봤더니, "우리에게는 그럭저럭 괜찮지만 넌 한국 사람이니 아마 실망할 거야."라고 우문현답을 하였다. 아이들이 좋아하는 치킨마요와 어디서도 실패하지 않는 양배추로 만든 김치볶음밥, 수제비를 주문했다. 역시나 중국 여행객이 말한 대로 우리가 기대했던 맛은 아니었지만 감자전 서비스는 기분 좋았다.

김모한이 네팔인이라는 것을 알고 갑자기 네팔 여행에서 만난 한국 식당의 사장님이 생각났다. 한국에서 몇 년 동안 이주노동자로 지내면서 돈을 모아 네팔에 한국 음식점을 차렸다고 했다. 당시에 뉴스에서 이주노동자들에게 임금을 제때 주지 않거나 의료사고에도 아무런 보상도 해 주지 않은 악덕 고용주의 사례들을 많이 접했을 때라 한국에서 일했다는 이야기를 듣자 나도 모르게 미안한 마음이 들었다.

"많이 힘드셨죠? 제가 대신 사과드릴게요."라고 말하자 의외의 대답이 날라왔다.

"아니요. 저는 좋은 기억이 많아요. 네팔에서는 남들에게 밥 한 끼를 먹이는 것이 쉽지 않아요. 그런데 한국에서 일할 때 밥

집 아주머니가 매일 '밥 먹었냐? 밥부터 먹고 일해라.'라고 매일 물어봐 주고 말해 줘서 너무 고마웠어요. 저에게 한국은 엄마 같은 나라예요. 여기선 엄마나 밥 먹었냐고 물어봐 주는데….'

우리나라가 낯선 이방인에게 따뜻하게 느껴졌다니 정말 기분 좋은 말이었다. 외국에서 생활하고 있는 나에게 한국인의 '정'은 낯선 단어가 아니다. 특히나 외국에서 느끼는 정은 더 특별하다.

내가 둘째를 임신하고 거의 막달이 되었을 때 내가 처음 사귄 호주 친구 클레어(Claire)와 인도계 호주 시민권자인 비디야(Vidya)가 내 출산 전에 축하해 주고 싶다며 하이티(High Tea, 애프터눈티와 비슷한 티타임 문화)를 예약해 나를 직접 픽업하고 데려가 주었다. 임신하고 입덧 때문에 고생하면서 준이를 독박 육아하는 것이 힘에 부치고 감정 기복도 심한 시기였다. 내 넋두리를 9개월 동안 들었던 친구들에게 귀한 대접을 받으니 그동안 힘들었던 시간을 보상받는 느낌이었다. 한국을 떠나 이방인이 되어 보니 낯선 땅에서 살고 있는 나를 도와주거나 살펴주는 현지인 친구를 만나게 된다는 것은 정말 감사한 일이라는 생각이 든다.

어느 길에서든 아이들은 즐겁다

숙소에서 내려다보면서 조드푸르를 왜 블루시티라고 부르는지 알 수 있었다. 도시 전체가 파란 물을 들인 것처럼 보였기 때문이다. 예전에는 힌두교의 최상위 계급인 브라만의 집에만 이 푸른색을 칠할 수 있었기 때문에 그 집들의 푸른색을 '브라만 블루(Brahmin blue)'라고 불렀다고 한다. 힌두 카스트의 최상위 계층인 '브라만'이 시바를 모시며 그 권위와 정체성을 나타내고자 자신들의 집에 파란색을 칠하면서 도시는 점차 파란빛을 띠기 시작했다. 이 아름다운 블루시티가 브라만의 콧대 높은 계급사회에서부터 시작되었다는 것이 씁쓸하게 느껴졌다. 게다가 조드푸르에서 파란 집을 갖는다는 것은 종교적, 신분적 상징일 뿐 아니라 재력의 과시기도 했다. 세월이 지나 신분제도가 없어지면서 파란색 역시 지배계층만이 가질 수 있는 색의 지위를 상실하고 그동안 파란색을 갖지 못했던 일반 사람들도 집을 파란색으로 칠할 수 있게 되면서 조드푸르는 지금처럼 온 도시가 파란빛으로 물들게 되었다. 사람은 본능적으로 갖지 못하는 것에 대한 갈망이 있다고 생각한다. 계급 차별에서 해방되었을 때 얼마나 많은 사람들이 파란색을 갈구했을지 파란 도시를 보면서 짐작해 본다.

푸른빛이 가득한 골목은 두 사람이 지나가게 되면 서로 몸이 닿을락 말락 할 좁은 공간인데, 그 안에 소도 지나가고 어린아이들이 놀기도 하고 이웃들끼리 수다도 떨며 많은 구경거리가 있다. 많은 여행자들이 인도의 다른 도시에 비해 조드푸르 사람들이 차갑다고 한다. 하지만 내가 느낀 조드푸르의 사람들은 우리를 따뜻하게 환영해 주고 관심을 주었다. 엄마, 아빠를 따라 여행 중인 준이와 율이는 같은 또래와 놀 수 있는 시간이 별로 없었는데, 잠시 쉬던 사이에 숙소가 있는 골목에서 놀던 동네 아이들 틈에 끼어 놀고 있었다. 골목의 아이들도 새로운 이방인의 등장에 흥미로워했다. 말은 통하지 않아도 뭐가 웃긴지 낄낄거리며 노는 아이들을 보면 아이들의 세계는 확실히 어른들보다 더 순수한 것 같다.

비싼 약값

그동안 도시 이동을 위해 새벽마다 릭샤로 기차역으로 이동한다고 찬바람에 자동차 매연까지 다 마셨더니 가족 모두 감기에 걸렸다. 숙소에서 가까운 약국에 들러 목감기, 코감기 약을 샀는데 약값이 인도 물가에 비해 너무 비쌌다. 과연 인도 사람들이 아플 때 약을 사서 먹을 수 있을까 싶을 정도의 가격이었다. 우리가 외국인이라고 약사가 비싸게 약을 판 건 아닌가 생각도 했지만 약 박스에 가격이 쓰여 있으니 그것도 아닌 것 같다.

사실 나와 남편은 조드푸르에 와서는 하루에 세 잔 정도 마실만큼 좋아하는 커피보다 레몬, 꿀, 생강이 들어간 차에 감기를 의존했다. 가격도 저렴했지만 따뜻한 차를 한 모금 마시면 목 안의 나쁜 매연들과 알알이 박혀 있는 먼지들이 깨끗하게 씻겨 내려가는 느낌이었다. 인도 사람들이 매일 마시는 짜이에도 생강이 들어가는데 매연이 심한 인도에서는 만병통치약 같은 효과가 있을 것 같다. 생강은 따뜻한 성질을 가지고 있어 감기나 독감 같은 찬 기운을 밖으로 내보낸다고 하니 말이다.

잠깐 멈춤

여행 일정은 제한적이기에 양과 질이라는 2가지 옵션에 맞춰 결정하여야 한다. 양이라 하면 가장 유명한 관광명소들을 출근 도장 찍듯이 빠르게 이동하며 최대한 많은 곳을 돌아보는 것이고, 질이라 하면 비교적 적은 장소를 가더라도 천천히 즐기며 여행하는 방법이다. 12일이라는 기간에 넓은 인도를 이동하며 양과 질을 적절히 혼합한 가성비 좋은 코스를 짰지만, 그중에서도 하루는 히든카드로 남겨 두어 하루 더 머물고 싶었던 장소에서 배팅하기로 했는데, 우리는 그 히든카드를 이곳 조드푸르에서 과감히 쓰기로 하였다. 인도 여행에서 우리 가족과 꼭 함께 봐야겠다고 생각했던 갠지스강과 타지마할 코스를 마쳤기 때문에 휴식이 필요한 시점이었던 것 같기도 하다.

우리 가족은 늘어지게 늦잠도 자 보고 서늘한 에어컨을 켜고 포근한 침대에서 커피도 마시며 알차게 하루 찬스를 썼다. 그간 일정에 바빠서 연락하지 못했던 친구들에게 생존 신고도 하며 알차게 보낸 하루였다.

작은 것에도 감사하는 마음

우리가 머문 곳은 호텔이 아니라 조식이 따로 제공되지는 않았다. 숙소에 있는 루프탑 식당에서 조식을 파는데 가격은 다른 곳에 비해 비싼 편이지만 일어나자마자 배고프다는 아이들을 데리고 먼 곳까지 가기는 어려워서 올라왔다. 숙소 루프탑은 아침 뷰가 끝내 줬다. 온통 푸른빛 도시의 풍경과 시원한 아침 공기가 어우러지면서 더욱 상쾌하게 느껴졌다. 아침 공기를 피부와 냄새로 느끼면서 보이는 풍경까지 푸른빛으로 다가오니 상쾌함이 두 배로 다가온다. 그래도 아이들은 많이 쌀쌀한지 춥다며 아기 새처럼 딱 달라붙는다. 목에 스카프를 하나씩 둘러 주니 따뜻한지 좋아했다. 우리는 토스트에 잼과 버터 그리고 목에 좋은 레몬, 꿀, 생강차를 주문했다. 여행 중에는 토스트에 버터만 발라 줘도 아이들은 좋아한다. 나중에 돌아와 맛있었다고 노래를 부르던 버터 토스트를 집에서 해 주니 맛없다고 했다. 아이들은 인도 여행을 하면서 작은 것에 기뻐하고 즐거워하는 법을 알아 가고 있다.

우리 가족은 인도 여행을 통해 작고 소소한 일들에서도 행복을 느끼고 미소 짓게 되었다. 이번 여행에서 자주 등장하는 각 지역의 구멍가게 주인 할아버지께서 주시는 사탕 두 알에 기뻐하고, 숙소 근처에서 아침마다 아는 척해 주는 동네 주민들에게 함박웃음으로 인사하고, 길을 잃어 헤매고 있는 우리들에게 먼저 다가와 도와주는 인도 사람들의 적극적인 행동이 고마웠고 따뜻했다. 때로는 여행 중 피곤하고 지쳐서 별일 아닌 일에 날카롭고 곤두서 있었던 건 아닌가 하는 후회도 해 본다. 우리는 일상에서 느끼지 못했던 것들을 함께 경험하며 느끼고 이야기할 수 있는 시간을 만들어 가고 있었다. 퍼스에서는 강아지만 봐도 무서워하던 율이가 이제는 자기만 한 크기의 개를 봐도 무서워하지 않게 되었다. 아이들은 여행을 통해서 짧은 시간에도 많이 자라는 것 같다.

사다르 바자르

조드푸르에는 꼭 가 봐야 할 몇 군데 명소가 있는데, 그중 하나가 사다르 바자르(Sardar Bazaar)이다. 사다르 바자르는 큰 시장인데, 안에 들어가면 시계탑이 중심에 있고, 볼거리와 맛집이 한곳에 모여 있는 만물 시장이다. 시장 안은 항상 많은 사람들로 붐비고 있다. 시장 안의 랜드마크로 불리는 시계탑을 중심으로 주변에 옷, 부엌 용품, 과일, 야채 등을 팔고 있다. 시계탑 근처에는 유명한 오믈렛숍과 특이한 향신료 맛이 나는 마카니아(Makhania) 라씨를 파는 곳이 있다. 오믈렛숍을 가기 전에 라씨집을 들렀는데, 이곳이 유명한 라씨 집인 줄 알고 갔다가 아니라는 것을 알고 다음 날 다시 원조 라씨 집을 간 기억이 난다.

우리가 아침을 먹기 위해 찾은 곳은 전 세계 여행자들에게 유명한 조드푸르의 맛집으로 35년 동안 오믈렛만 파는 곳인데 가게 이름은 그냥 오믈렛숍(Omelette Shop)이다. 오픈 전부터 주위에 외국인 여행자들이 서성이고 있었다. 청결과는 거리가 먼 곳이지만 사람들이 모여드는 데는 이유가 있었다. 가격이 30루피에서 100루피(한화로 500원에서 1,500원 정도)로 저렴한 편이고, 다양한 종류의 오믈렛이 있어 골라 먹는 재미도 있다. 우리는 오믈렛숍의 시그니처 메뉴인 알리바바(Ali Baba) 오믈렛과 버터 스윗(Butter Sweet) 오믈렛을 주문했다. 알리바바 오믈렛은 토스트 빵이 아닌 동그란 빵과 함께 나오는데 양이 많았고, 버터 스윗 오믈렛은 말 그대로 버터와 설탕이 들어간 오믈렛으로 우리가 한국에서 자주 먹었던 계란 토스트 맛이랑 비슷했다.

사다르 바자르에서 도보로 10분 정도 걸어가면 뚜르지 까 자를라(Toorji Ka Jhalra) 전통 우물이 나온다. 1740년에 전통 방식으로 지은 계단식 우물로 규모가 꽤 큰데 우리가 구경 갔을 때 인도의 젊은 남자들이 계속 높은 위치로 올라가며 다이빙을 했다. 아이들은 와~ 하고 환호를 보내고 다이빙을 하는 청년들은 그런 환호에 으쓱하며 더 높은 곳으로 올라가 다이빙을 했다. 인도에는 짧은 우기와 긴 건기를 가진 나라의 특성상 여러 지역에서 계단식 우물을 볼 수 있다고 한다.

여름에는 다이빙도 하고 수영도 하는데 익사 사고가 많이 일어나는 곳이라며 아이들은 조심해야 한다고 옆에 있던 인도 사람이 말해 주었다. 하지만 아이들은 물을 보니 신이 나는지 수많은 계단을 무서워하지도 않고 끝까지 내려간다. 우물 안에는 여러 종류의 물고기를 볼 수 있었다. 계단에 앉아 물멍을 해 본다. 인도의 건축양식을 보면 화려하고 튼튼하게 그리고 예술성과 종교적인 것까지 함께 녹여져 있음을 알 수 있다. 내가 직접 보고 느낀 타지마할이나 하와마할만 보더라도 그렇다.

숙소로 들어가는 골목에 사는 인도의 젊은이들은 율이와 준이가 귀여운지 지나갈 때마다 반갑게 인사해 주고 사진 찍자고 하며 말을 걸어 준다. 준이와 율이도 매번 다른 포즈를 취해 주니 더 좋아한다. 프로 모델이라고 해도 손색이 없다. 우리는 이웃이 생긴 느낌이다. 사람들에게 관심을 받으니 아이들도 좋아한다. 인도 사람들에게는 한국인과 비슷한 정이 느껴진다. 잠깐을 만나도 헤어지기 아쉬워하고 먹을 것을 나누어 주고 사람을 좋아하고 반긴다. 어떤 사람들은 인도 사람들이 거짓말하고 사기를 치는 것이 지겹다고 한다. 내 생각에는 어느 나라나 여행객들에게 호객행위를 하고 물건값을 뺑튀기하는 나라들이 많지만 인도라는 나라가 여행하기에 녹록지 않아 단점이 더 크게 느껴지는 것 같다. 인도 사람들은 호기심도 많고 남의 일에 관심도 많다. 대놓고 본다. 때로는 그것이 성가시게 느껴질 수도 있지만 다르게 보면 호의적으로 생각된다. 인도 사람들은 좋은 게 좋은 거라는 생각을 하고 있는지도 모르겠다. 상대방이 불편하게 생각을 하더라도 어물쩍 넘어가고 뾰족하게 날 서지 않고 '노프러블럼' 하는 것을 보면 말이다.

낮에는 동네를 구경하고 숙소에 들어가 좀 쉬다가 날이 좀 쌀쌀해지는 것 같아 긴팔 옷으로 갈아입고 저녁을 먹으러 나왔다. 숙소에서 멀지 않은 곳에서 우연히 찾은 'Dagley The Lounge'라는 식당은 멕시칸, 이탈리안, 인디언, 아시아 음식이 메뉴에 있었는데 우리가 주문한 피자와 파스타는 깔끔하고 맛있고 가격도 착했다. 피자는 주문과 동시에 바로 화덕에서 직접 구워 주었고 우리가 주문한 크림 스파게티는 정말 아이들 입맛에 딱 맞았다. 조드푸르에 머무는 동안 매일 저녁은 여기서 먹었다. 우연히 찾은 맛집이었다.

주문한 음식이 나오기를 기다리는 동안 아이들은 화덕에 가까이 가서 우리가 먹을 피자도 구경하고 식당 종업원들과 장난도

치고 레스토랑 냅킨에 그림도 그리며 시간을 보낸다. 무엇보다 매일 근사한 식사를 메흐랑가르 성을 배경으로 먹는 기분이 너무 좋았다.

저녁을 먹고 사다르 바자르 주변으로 산책을 나왔다. 어두워지니 가게들의 불빛이 시장 안을 가득 채웠다. 여전히 많은 사람들이 시장 안을 북적이고 있었다. 우리도 사람 구경을 하고 사람들도 우리를 구경한다. 여행 중에 과일을 제대로 먹어 보질 못했는데 율이가 노점에 진열된 과일을 보고 바나나가 먹고 싶다고 했다. 생각해 보니 가격도 싸고 흔하게 파는 과일을 왜 사주지 않았을까 싶다. 가족 수만큼 골라 간단히 요기를 하고 다시 산책을 이어 갔다. 팔릴까 싶은 옷들을 산더미처럼 쌓아 놓고 마냥 앉아 손님을 기다리는 아주머니, 양파 몇 개, 감자 몇 알을 펼쳐 놓고 파는 할머니를 한참을 바라보았다. 다 팔아도 구걸하는 사람들보다 돈을 적게 벌 것 같은 양의 야채다. 정말 생계를 위해 꾸역꾸역 가져와 팔고 있는 모습이었다. 그런 모습을 보고 있자니 새삼 인도 사람들은 참 부지런하다는 생각이 들었다. 하지만 가난의 대물림 속에서 아무리 열심히 살아도 로또 같은 삶을 마주할 수 있는 확률은 0%이다. 우리 부모님들은 본인들이 힘들게 사신 게 한이 되어서 자식들만큼은 출세하기를 원하셨고, 그만큼 뒷바라지도 해 주셨다. 우리 세대에는 부모들의 희생을 당연한 것이라고 받아들였다. 부모들은 자식을 위해 희생하는 삶을 당연하게 살아왔으며 그 다음 세대에서도 부모로서의 희생은 그 윗세대로부터 보고 배운 것이기에 자연스럽게 이어 간다. 그 래서 개천에서 용도 나고 했던 모양이다.

구멍가게 이야기

아침마다 숙소 근처 구멍가게에서 물을 샀더니 주인 할아버지가 아이들을 알아보고 사탕을 하나씩 주셨다. 이제는 이런 일이 익숙해졌지만 그래도 아이들은 신이 났다. 아마 공짜 사탕보다도 할아버지가 알아봐 준 즐거움이 더 크지 않았을까 싶다. 우리가 들리는 구멍가게마다 주인장은 하나같이 할아버지들이었다. 우리가 사는 곳에서는 이렇게 작은 구멍가게가 없고 더러 사탕하나 주는 작은 정을 찾기도 어려우니 아이들에게는 기분 좋은 경험일 수밖에 없다. 아이들은 할아버지에게 받은 작은 정을 다른 누군가에게 나눠 주며 나눔이 주는 기쁨을 배우고 있다.

율이가 묻는다. "엄마 저 형 배고파 보이지. 비스킷 갖다줄까?"

율이는 아침에 간식으로 산 비스킷을 지나가다 만난 소년에게 나눠 주었다. 어린 율이 보기에도 그 소년이 배고파 보였나 보다.

이제는 내가 나눠 줄까 묻기도 전에 아이들에게 필요한 사람이 보이는가 보다. 자기가 먹고 싶어 산 것도 나눠 주고 싶어 한다.

준이가 가던 길을 멈추고 한참 동안 타이어를 가지고 노는 아이를 바라보았다. 무슨 생각을 하는걸까? 가만히 아침에 들고나온 장난감 하나를 아이에게 건네주었다. 준이도 이미 길에서 만난 아이가 무엇을 필요로 하는지 알고 있었다. 준이는 배고픈 아이에게는 먹을 것을, 놀 것이 필요한 아이에게는 장난감을 나눠주며 부족한 사람들에게 필요한 것이 무엇인지 보고 제대로 나눠 주는 지혜를 배우고 있었다.

좀 더러워도 괜찮아

아이들이 어제 먹었던 토스트 오믈렛을 또 먹고 싶다고 해서 다시 오믈렛숍에 들렀다. 식당에서만 먹다가 길거리 음식을 먹는 재미가 쏠쏠하다. 길에서 먹으면 왠지 음식이 더 맛있게 느껴진다. 길에서 파는 음식들의 위생까지 기대한다면 욕심이다. 나도, 아이들도 눈에 보이는 더러움은 아무것도 아니라는 듯 즐겁게 길거리 음식을 먹는다. 퍼스에서는 길거리 음식이 많지 않다 보니 한국처럼 포장마차에서 파는 떡볶이 같은 음식들이 그립다. 인심 좋은 아주머니를 만나면 튀김 위에 떡볶이 국물을 묻혀 주시면서 떡볶이 몇 개를 더 넣어 주셨는데 그 떡볶이가 정말 꿀맛이었다. 퍼스에도 주말 장 같은 곳에 가면 푸드트럭은 있지만 음식을 주문하고 기다리면 포장을 해 주는 거라서 우리나라 포장마차처럼 그 자리에 서서 먹는 운치는 없다.

인도는 모든 것을 아무렇지 않게 여기도록 길들여 주는 나라인 것 같다. 처음 인도 여행을 했을 때는 물티슈를 달고 다녔다. 먼지와 매연 등으로 더러워진 신발이며 몸을 자주 닦았던 기억이 난다. 인도 여행을 여러 번 오게 되면서 어느새 나는 샌들 밖으로 나온 발이 시커멓게 변해도 아무렇지 않게 되었다. 인도의 사람들도 다들 그렇게 살고 있으니 말이다.

원조 마카니아 라씨 집을 다시 찾아갔다. 1927년부터 스리미쉬릴랄 호텔(Shri Mishrilal Hotel) 안에 오픈한 전통 있는 마카니아 라씨 집은 보통보다 가격이 두 배나 비싸 특별함을 기대했지만, 우리 입맛에는 잘못 찾아간 라씨 집이 더 맛있었다. 소문난 잔치에 먹을 것이 없다더니 가성비가 좋은 곳이 만족감도 더 큰 것 같다. 그래도 먹어 봐서 평가할 수 있었다. 원조집 라씨를 안 먹어 봤다면 이런 비교도 할 수 없었을 것이다. 여행도 마찬가지이다. 내가 가 보지 않은 나라를 다른 사람의 경험만 듣고 좋다 나쁘다 판단할 수 없고, 직접 경험을 해 봐야지만 알 수 있는 게 있다. 특별히 인도라는 나라는 직접 경험하는 것이 중요하다. 호불호가 무지 갈리기 때문이다.

오믈렛숍에서 아침을 먹고 메흐랑가르 성을 보기로 했다. 숙소에서 그리 멀지 않아 아이들과 함께 걸어 올라가기로 했다. 비탈길이라 아이들에게는 쉽지 않았지만 올라가면서 도시를 내려다보니 너무 아름다운 푸른빛이 매력적이었다.

메흐랑가르(Mehrangarh) 성은 1945년 라오 조다(Rao Jodha) 왕이 세운 인도에서 가장 큰 요새이다. 메흐랑가르는 산스크리트어로 태양을 뜻하는 MIRHIR와 성을 뜻하는 GARH가 합쳐져 만들어진 단어로 '태양의 집'이란 뜻을 가지고 있다

성안에는 일곱 개의 성문이 있는데, 첫 번째 문에는 코끼리 부대를 이용한 공격을 막아 내기 위한 큰 대못들이 박혀 있다. 요새 안에는 여러 개의 아름다운 궁전들과 박물관이 있다고 가이드북에 나와 있었는데 아이들이 올라오는 길에 이미 에너지가 방전되어 성 안까지 구경하는 것은 무리라고 판단되어 입장료를 내지 않아도 되는 곳까지만 구경하기로 했다.

아이들과 함께 성 주변을 구경하고 땀을 좀 식히고 있으려니 준이와 율이에게 같이 사진을 찍자고 인도 사람들이 모여든다. 이제는 이런 상황들이 익숙하다. 아이들은 낯선 사람들로부터 많은 관심을 받는다. 얼마나 고마운 일인지 모르겠다.

조드푸르는 작은 마을 같아서 대부분의 유명한 곳은 도보로 다 돌아볼 수 있다. 메흐랑가르 성에서 내려와 전날 갔었던 뚜르지까 자를라 전통 우물에 다시 갔다. 준이가 어제 봤던 인도 청년들의 다이빙이 다시 보고 싶다고 해서 갔는데 커피도 마실 겸 또 카페 위에서 보는 우물도 감상할 겸 우연히 들어간 곳이 조드푸

르에서 유명한 스텝웰 카페(Stepwell cafe)였다. 인도에서 자주 접할 수 없는 모던한 실내디자인과 아이들에게 너무 친절했던 직원이 인상 깊었다. 아이들은 직원들과 무슨 할 말이 많은지 쉬지 않고 조잘거리며 놀았다.

율이는 직원과 한참 재잘거리더니 어느새 잠이 들었다. 메흐랑가르 성에 올라갔다 온 게 많이 피곤했나 보다. 율이가 낮잠 자는 동안 카페 창을 통해 우물을 감상하는데, 문득 한 대가족이 눈에 띄었다. 아이들이 몇 명인지 세어 보다 깜짝 놀랐다. 여섯 명의 아이들이라니… 심심해하던 준이와 그 가족이 앉아 있는 곳으로 가 보기로 했다.

이스라엘에서 왔다는 이 가족은 1년 계획으로 여행 중이라고 했다. 아이들에게 얼마나 값진 경험이 될까? 부모의 용기에 감탄한다. 학교를 조금만 빠져도 진도가 늦어질까 봐 걱정하는 보통의 부모와는 다르다. 가족 중 엄마만이 영어가 조금 가능한 정도인데 세계여행을 하고 있다는 것도 너무 대단하게 느껴졌다. 이스라엘 엄마는 지나가던 과일 장수에게 아이들을 위한 과일을 사면서 준이를 위해서도 하나를 더 집는다. 여행을 통해서 많은 사람들을 만나게 되는데 내 삶의 자극제가 되는 것 같다. 이런 경험들은 내가 어떤 새로운 일에 도전하거나 또 다른 여행을 계획하게 만든다.

인도를 처음 왔을 때 만났던 엄마 나이쯤 되는 한 아주머니는 혼자서 배낭여행을 오셨다며 아무에게나 스스럼없이 말을 건네셨는데 그 모습이 참 멋있어 보여서 나도 저 나이가 되면 '혼자서 배낭여행을 꼭 하리라.' 하고 생각했었다.

조드푸르를 떠나다

조드푸르를 떠나면서 가장 많이 정이 든 사람은 물을 사러 갈 때마다 아이들에게 사탕 하나씩 쥐여 주시던 할아버지이다. 희한하게도 우리가 가는 곳마다 구멍가게 할아버지가 등장하는데 도시마다 우리가 만나는 할아버지는 다 다른 분이시다. 작별 인사도 하고 버스에서 먹을 아이들 간식도 살 겸 가게에 들렀는데 할아버지가 안 계셔서 마지막 인사를 하지 못하고 떠나게 되어 아쉬웠다. 여행하다 보면 우리는 항상 현지에서 만난 사람들에게 안녕을 고하는 쪽이 된다. 그런 그들에게 좋은 이방인으로 오래 기억되고 싶다.

현지인들에게 나는 손님처럼 느껴지는지 도움을 받는 일이 종종 생긴다. 그런 도움도 처음에는 고맙지만 나중에는 자연스럽게 일상이 되어 버린다. 그러다 반대로 그들이 뭔가 물어보고 요청해 올 때면 그게 또 얼마나 귀찮은 일로 생각되는지 모른다. 이번에는 여행을 준비하면서 도움을 받으면 감사함을 표시하고 싶어 인도 사람들에게 나눠 줄 호주 국민과자 팀탐(TimTam)을 여러 개 가져왔다.

거리에서 구걸하는 사람들은 무언가를 받는 것이 당연하겠지만 여행자들에게 서비스를 제공하는 상인들이 여행자들에게 제공한 서비스와 상관없이 무언가를 받는 것은 흔한 일이 아니다. 우리가 작은 선물을 줬던 바라나시 철수보트의 철수 아저씨나 델리의 나빈처럼 말이다. 물론 그들은 보트를 태워 주고 환전을 해 주면서 돈을 번다. 하지만 여행자로부터 받는 수많은 질문에 답을 해 주거나 좋은 정보를 공유하는 것에 수고비를 따로 받지는 않는다. 우리 여행을 도와준 인도인들에게 작으나마 선물을 했던 건 한국 여행자들을 자주 만나는 인도인들에게 좋은 한국인으로 남고 싶어서였다. 오랫동안 타국에서 생활하면서 개개인의 행동에 국가의 이미지를 연결하여 일반화하는 경험이 있다. 예를 들면, 사소한 대화 속에서 "역시 일본 사람들은 혹은 역시 중국 사람들은."이라며 개인이 아닌 국민성으로 확장할 때가 있기에 나의 행동도 한국에서보다 더 조심스러워진다. 고마운 일을 만나면 그냥 지나치지 않고 한 번 더 신경 써서 그 선의에 감사를 표현하는 것이 점점 더 당연해진다.

혹시 몰라서 2시간 먼저 도착한 버스터미널은 한가했다. 생각보다 기다리는 곳이 깨끗하고 충전도 할 수 있어 좋았다. 짐을 맡기고 근처를 좀 구경할까 싶어 물어보니 짐 보관하는 곳이 없다고 했다. 할 수 없이 짐을 메고 걸어서 15분 거리에 주말에만 열리는 장이 있다고 해 가보기로 했다. 막상 도착해 보니 아직 오픈 전이었고 상인들이 팔 물건들을 진열하고 있었다. 준이와 율이는 어느새 현지 아이들과 친해져 잡기 놀이를 같이하고 있었다. 정말 내 아이들이지만 친화력이 이렇게 좋을 수 있을까 하면서 감탄이 나왔다.

버스정류장에 다시 돌아와 보니 어느새 사람들로 자리가 꽉 차 있었다. 호기심 많은 준이는 핸드폰 게임을 하고 있던 인도 사람 옆에 앉아 구경하고 있었는데 매너 좋게도 이 사람이 준이에게 핸드폰을 건네며 게임을 해 보라고 주었다. 우리가 베풀었던 친절이 이렇게 또 부메랑이 되어 돌아온다. 사실 여행하다 낯선 이에게 도움을 받는 것이 항상 달갑지만은 않았다. 관광지에 가면 현지인들이 다가와 뜬금없이 그곳에 대한 정보를 풀어내는데 처음에는 친절한 그들에게 고마워하며 열심히 경청하지만 결국 돌아오는 건 이야기를 들었으니 돈을 내라는 것이었다. 이후로는 의심병이 생겨 누군가 친절하게 다가오면 오히려 더 고개를 저으며 뒷걸음치기 일쑤다. 우리의 도움을 당연하게 생각하는 인도 사람들과 그들의 도움을 의심으로 보는 우리의 모습은 다를 게 없다.

한참을 준이와 놀아 주던 인도 사람은 델리 외곽지역 호텔의 매니저라고 했다. 친절이 몸에 밴 호텔리어라서 그런지 아이들에게도 친절했다. 작은 버스를 타고 슬리핑 버스가 있는 픽업 포인트로 가는 동안 이 인도 사람은 짐을 같이 들어 주었고 슬리핑 버스에 탑승해서도 우왕좌왕하는 우리를 도와주었다. 바라나시에서 만났던 앙상한 체구의 할아버지에게 작은 도움을 드렸을 때 알아듣지는 못하는 힌디어가 축복의 말처럼 마음에 들어왔던 것처럼 버스정류장에서 우리를 도와준 호텔리어의 호의가 진심으로 느껴져 고마웠다.

우리가 이동 중에 만났던 사람들은 모두 친절하고 호의적이었다. 하지만 보통은 낯선 이들의 친절에 고마운 마음보다 의심하는 마음이 앞서는 경우가 더 많았다. 우리 스스로 좋은 경험을 불편한 기억으로 남기려고 하는 셈이다.

"믿어라. 의심하지 마라. 믿음만큼 돌아올 것이다."

여섯 번째 인도 여행에서 배운 내 경험이자 철학이다. 사람마다 경험들이 다르고 같은 일을 겪어도 다른 느낌을 받을 수밖에 없는데, 실제로 경험하기 전에 다른 사람들의 이야기를 듣고 좋다 나쁘다를 미리 결론 내 버리는 경우가 많다. 다른 사람의 정보를 100% 의지할 필요는 없다. 본인의 느낌을 믿어 보는 것이 또 다른 경험으로 돌아올 것이다. 어느 날 꿈자리가 안 좋으니 오늘 하루는 조심해야겠다고 느끼면 본인의 촉을 믿고 조금 더 신중한 하루를 보내듯이 말이다.

온도 차이

열심히 열차 시간을 기다리고 있는 사이 다시금 아이들이 좀 쑤셔 하기 시작했다. 지루함 해소를 위해 주변을 산책하기로 했다. 길을 잃어버리지 않기 위해 왔던 길들을 돌아보며 기억 속에 저장하고 주변 건물보다 커서 눈에 띄는 빌딩으로 향했다. 빌딩 꼭대기에 큰 와이어에 보호장구를 착용하고 높이 점프할 수 있는 기구가 먼저 눈에 들어왔다. 입구에서부터 남다른 건물이라는 느낌이 들었다.

회전문을 지나니 시원한 에어컨 바람이 지루함으로 달궜던 우리의 열기를 차분하게 식혀 주었다. 고급스러워 보이는 점포들과 브랜드 매장들이 가득했고 붐비지는 않았지만 저렴해 보이지 않는 제품들의 가격들은 나의 기준의 '가성비'라는 자체 검열에 충분히 "안 돼."를 외치며 반짝이는 율이와 준이 눈에 암묵적 흙을 뿌렸다.

"명심해! 우리는 화장실을 온 것이지 장난감을 사러 온 게 아니야."

그렇게 건물 안을 돌아다니다 결국 오락실에서 한발 양보하기로 했다. 하지만 터무니없이 비싸 보이는 이용료에 혀를 내두르고 아이스크림으로 극적 타협했다.

그렇게 모두가 행복한 시간을 보내고 건물을 빠져나왔을 때 건물 바로 앞 노점에서 갓난아기와 율이 또래 정도 돼 보이는 아이들과 함께 음식을 파는 젊은 여인이 우리가 빠져나왔던 빌딩의 경비원과 언성을 높여 다투는 모습이 보였다. 노점을 옮기라고 경비원이 요구하는 것 같았다. 건물 안을 이용하던 현지인들과 건물 밖 노점 속 젊은 여인들의 온도 차이에 여러 감정이 교차했다.

사자가 늙은 토끼를 잡아먹을 때 우리는 그 누구도 사자를 탓할 수 없고 늙은 토끼의 안타까움에 대신 잡아 먹혀 줄 수도 없을 것이다. 각자 삶 속에서 우리는 최선을 다하는 것으로 윤회의 가치를 높이는 것이 아닐까 불편하고 미안한 내 마음을 회피해 본다. 터벅터벅 돌아오는 길이 더 멀게 느껴지며 발이 무거워졌다.

이것은 버스인가, 관인가?

인도의 슬리핑 버스는 내가 예전에 경험했던 동남아시아의 슬리핑 버스와는 너무 달랐다. 일단 처음 타 본 인도의 싱글베드는 생각보다 정말 좁았다. 몸집이 큰 사람은 들어갈 수 없을 정도의 크기였는데 플라스틱 문과 커튼이 달려 있어 창문을 닫고 안에 누워 있으면 꼭 관에 들어간 것 같은 느낌이었다. 좁은 건 둘째 치고 침대 시트가 언제 빨았나 싶을 정도로 엄청 더러웠다. 준비해 온 뽀송뽀송한 커버로 심지어 윤기까지 나고 있는 검은 시트의 불쾌함을 봉쇄하여 완벽한 잠자리로 만들었다. 하지만 아이와 뒤엉켜 자다가 결국 배낭과 벗어 놓은 신발, 따로 챙겨 논 짐 더미들과 똬리를 틀며 한 몸이 되었다. 밑에 깔았던 커버는 제일 위로 올라와 이불이 되었고 윤기 나던 검은 시트는 이 세상 가장 포근한 엄마 품이 되었다.

그날 밤 아이들은 원효대사가 해골 물을 그렇게 시원하고 달콤하게 들이켰던 것처럼 달게 잠들었다. 한치의 에누리 없이 시간은 정직하게 흐르고 아이들의 잠자리가 불편하지는 않을까 더 이상 갈 곳 없는 자리에서 애꿎은 버스만 몸으로 밀었다. 문을 닫으면 덥고 열면 추워서 남편도 나도 잠들지 못하고 뜬눈으로 밤을 새웠다. 소변볼 타이밍을 놓친 건지 아니면 타이밍이 원래 없었는지 온 근육과 신경을 방광에 집중하여 그 긴 밤에 화장실 한번을 안 가고 있었다.

동이 트고 어둠이 서서히 걷히면서 밤새 꼼짝없이 누워서 치른 우리들의 처절했던 소리 없는 아우성도 막을 내렸다. 날이 밝고 윤기가 흐르던 검은 시트가 다시 불결해진 걸 보니 도착할 시간 이 가까워졌나 보다.

다시 델리(Delhi)

시작과 끝

아침 8시가 못 되어 뉴델리에 도착했다. 눅눅한 슬리핑 버스 침대에서의 하룻밤은 다시는 경험하고 싶지 않았다. 버스에서 내리니 어제의 지옥 같은 시간을 보상해 주는 듯 아침의 상쾌함이 감사하게 느껴졌다. 남편과 나는 릭샤 기사가 요금을 더 받기 위해 돌아가지는 않는지 확인하게 되는 마음으로 구글맵에서 GPS로 깜빡이는 현재 우리의 위치를 확인하면서 숙소를 향했다.

한참을 달려 우리가 예약한 호텔 하리 피오르코(Hotel Hari Piorko)가 나왔다. 여행자의 거리인 빠하르간지 메인 바자르 중심에 있어 찾기도 쉽고 가격 대비 나쁘지 않다는 평을 보고 이틀을 예약했었다.

너무 이른 시간에 도착해서 우리는 호텔에 짐만 맡기고 아침을 해결하기 위해 밖으로 나왔다. 오랜만에 와서인지 방향감각이 완전 고장이 났고 피곤하기도 해서 싸이클 릭샤를 타기로 했는데 릭샤왈라가 우리의 목적지가 아닌 쇼핑 관광을 하는 곳으로 데려갔다. 릭샤왈라도 손님을 그곳으로 데려가야 커미션을 받을 수 있어 그랬다는 것을 알고는 있지만 이른 아침부터 밥도 못 먹은 상태였는데 쇼핑센터에 우리를 내려놓으니 너무 화가 났다. 쇼핑을 하면 릭샤값을 지불하지 않아도 된다고 했는데 우리는 화가 나서 릭샤값을 지불하고 쇼핑은 하지 않았다. 한편으로는 물건을 사지 않아도 보기만 해도 되는데 들어가 보지도 않고 매정하게 화를 낸 것이 두고두고 생각이 났다. 하지만 쇼핑을 하기에는 너무 이른 아침이었고 배도 고팠고 피곤했다. 인심 좋은 여행객을 만났으면 그의 하루도 운좋게 시작한 날이었을 텐데 말이다. 릭샤를 매일매일 끄는 그들의 삶은 고단함의 연속이지만 손님을 찾아다니면서도 끊임없이 움직이는 그들은 하루 몇 명의 손님만 태워도 하루 한 끼를 먹을 수만 있어도 만족한다. 작은 것에 만족하는 그들의 모습에 내 불만족스러운 모습이 투영된다.

델리 최고의 맛집

우리의 원래 목적지였던 코넛트 플레이스(Connaught Place)는 현대적인 분위기의 쇼핑센터로, 스타벅스와 맥도날드 등이 있어 배낭여행자들과 인도의 젊은이들이 즐겨 찾는 곳이다. 이른 아침부터 오픈하는 맥도날드로 아침을 해결하러 갔는데, 맥도날드를 오랜만에 본 아이들이 너무 좋아했다. 오랜만에 아이들 입맛에 맞아서였는지 준이는 햄버거를 하나하고 반을 더 먹었다. 나는 인도의 맥도날드에서만 파는 맥짜이를 주문했는데 뜨거운 물에 실론티 티백을 넣어 우유를 따로 주는 것으로 내가 기대했던 전통적인 짜이가 아닌 인스턴트 맛이라 아쉬웠다.

인도의 전통음식들과 로컬 음식점들의 진입장벽이 나름의 기준에선 너무 높은 나머지 가장 익숙하고 친근한 패스트푸드에 기댈 때가 많다. 감자튀김과 육즙 가득한 패티를 먹을 때면 한국 식당에서 따뜻한 밥에 김치찌개를 먹는 기분이랄까?라는 건 핑계일 테고 먹는 데 큰 모험을 하지 않아도 된다는 점에서 더욱 그렇다.

어느 나라를 가던 패스트푸드의 맛들이 그 나라의 입맛과 특색을 가미하여 판매된다. 그럼에도 포장도 편하고 선택도 간편한 그곳… 결코 맛집이 아니라 부정할 수 없다.

마음의 빚

5년 넘게 타향살이를 하다 보니 주변 친구들로부터 사소한 생필품부터 아이 감기약까지 가족 구성원의 절기와 취향에 맞는 소포들을 받을 때가 있다. 고마운 마음에 갚아 가야 하는 빚으로 마음에 새기지만 갚기도 만만치 않던 터라 인도에서 작은 성의로 소포를 보내기로 했다.

　바라나시에서 샀던 엽서들에 빼곡히 안부를 묻고, 인도 전통 문양이 들어간 가방, 스카프 그리고 달달한 간식거리, 인도에서 크림과 영양제로 유명한 히말라야 제품 등을 소포로 보낼 준비를 했다. 주변 상인들에게 물어물어 찾아간 빠하르간지 시장통에 보일락 말락 할 정도의 작은 간판이 달린 우체국을 간신히 찾았다. 처음에는 눈에 표지판이 보이지 않아 그 길을 몇 번 지나치고 나서야 찾을 수 있었다. 시장 안 구석 이층에 위치한 우체국은 간판도 허술하고 원래 색을 찾아볼 수 없을 정도로 때에 찌든 큰 천이 창문을 덮고 있었다. 10년 전 아니 20년 전 그때와 비슷했던 기억이 난다. 좁은 계단을 올라가면 책상 두 개가 덩그러니 놓인 곳에서 일 처리를 하고 있었는데 여기서 보낸 카드가 보내지기는 할까? 하는 의심이 들었다. 사람이 많이 없으니 더 불안했다. 우체국에 올라가니 할머니 한 명이 앉아 계셨고 편지를 부치려고 하는 모양이었다. 할머니 차례가 지나 우체국 직원에게 한국에 소포를 보내고 싶다고 가격을 물어보니 생각보다 저렴해서 놀라고 그 다음에는 과연 이곳에서 한국까지 무사히 잘 갈까 하는 의심이 다가왔다. 그래서 결국 다시 나빈을 찾아갔다.

나빈은 소포로 보낼 물건들을 눈으로 대충 보더니 박스에 선물들을 분배하여 포장하였다. 그전 경험으로 믿을 수 있는 나빈이었기 때문에 소포 분실을 염려하지는 않았다. 친구들에게 기쁘게 작게나마 보답할 수 있어 한결 홀가분해진 기분이다.

블링블링

처음 인도에 여행 왔을 때에는 인도의 다양한 장신구들과 가방, 옷을 잔뜩 쇼핑했었지만 지금은 인도 경험이 늘어나 쇼핑에 대한 흥미가 처음보다는 덜해졌다. 그래도 액세서리를 좋아하는 나는 인도에서 은으로 만든 액세서리가 디자인도 이쁘고 가격도 저렴해서 은으로 만든 뱅글을 몇 개 사려고 생각하고 있었다. 빠하르간지 골목에는 액세서리집들이 많았다. 가격이 정찰제가 아니라 무게를 달아 그날의 은 시세로 가격을 책정하는 방식이었다. 내가 인도의 은 시세를 알 리가 없어서 몇몇 가게를 둘러보고 오늘의 가격을 비교해 보았다. 고맙게도 은 시세를 가지고 장난치는 가게는 하나도 없었다. 몇 곳을 둘러보다 보니 이제 맘의 결정을 할 때가 되었다. 다 비슷해 보이는데 내가 원하는 흔한 민무늬의 은으로 만든 뱅글이 여러 개 있는 곳을 발견하고는 그곳으로 들어갔다. 남편은 천천히 결정하라고 가게 밖에서 아이들과 기다려 주었다. 그러니 한결 마음이 편해지고 이제야 뱅글이 눈에 잘 들어왔다. 비슷한 모양이지만 확실히 조금씩 차이가 있었다. 둥글둥글한 뱅글, 각진 뱅글, 굵음의 차이도 있고 그러다 내가 끼고 있는 팔찌와 잘 어울릴 만한 뱅글을 찾아서 세 개를 샀다. 내가 갖고 있는 팔찌와 같이 찼더니 네 개가 마치 원래 짝이었던 것처럼 잘 어우러졌다. 그리고 한참 후에 '하나 더 살걸.' 하는 미련이 생겼다. 누군가 그랬다. 그곳에 미련이 있으면 다시 찾게 된다고…. 그렇게 여러 번 왔었는데 또 미련을 만드는 건 아마도 미련이 생겨서 오는 게 아니라 다시 오기 위한 빌미를 만드는 것 같기도 하다.

아차 하는 순간, 피식 웃으며 당해 주는 사기

빠하르간지의 골목은 해가 저문 저녁이라는 게 무색할 정도로 활기차다. 지도를 보지 않고도 대표적인 큰 건물들과 눈에 자주 익은 상점들을 나침반 삼아 산책을 나온다. 이전까지 못 보든 혹은 지나치든 상점들을 눈에 담아 두고 산책의 범위를 조금씩 넓혀간다. 길을 잃어버려도 릭샤를 타고 숙소로 돌아올 수 있기에 큰 걱정 없이 떠나는 모험인 셈이다.

인도 여행을 하면서 호객행위 따위는 당하지 않는다는 자부심이 있었는데 웃으면서 사기당한 일이 인도 여행의 마지막 즈음에 생겼다. 달콤하고 고소한 냄새가 우리의 걸음을 인도한 땅콩 쿠키 간판 앞에 네 사람을 세웠다. 무료 시식으로 아이들의 환심을 사고 "Thank you."를 말하면서 이동하려는 찰나 가게 주인은 아이들 손에 쿠키를 담은 작은 봉투를 건넨다. 남편과 나는 눈을 껌벅껌벅하며 어리둥절함을 교환하고 'How much?'를 외쳤다. 150루피라는(2,350원) 말에 이미 거래는 끝났다. 바가지도 이런 바가지가 없다. 봉투 속 쿠키를 끊임없이 입으로 전달하는 아이들 덕분에 에누리는 사실상 실패다. '그래도 맛은 있네.' 하고 피식 웃어 버렸다. 웃어 버리고 쿠키를 네 사람이 공평하게 나눠 먹었다. 흥정이 선행되었다면 재구매 의사는 100%였지만 찝찝함은 어쩔 수가 없었다. 산책하는 중간중간 이동하는 주인과 서로 따봉을 교환하고 땅콩 쿠키를 더 사 달라는 첫째와 둘째를 더 저렴한 간식으로 회유하였다.

인도의 오래된 것들

인도에는 헌책방을 자주 볼 수 있다. 헌책방의 매력은 세월의 흔적이 느껴진다는 데 있다. 세상이 빠르게 변해도 인도는 언제나 그 자리에 있는 느낌이 인도의 매력이다. 인도에 온 배낭 여행객들은 여행이 끝날 무렵 헌책방에 다 본 책들을 팔고, 다른 책을 산다. 나도 예전에 인도 여행을 다 끝내고 파키스탄으로 넘어가면서 인도 여행 가이드북을 팔고 파키스탄 가이드북을 구매한 기억이 있다. 인도가 빠르게 변하지 말았으면 하는 입장에서 오래된 것들이 계속 남아 주었으면 좋겠다. 미디어에서는 인도가 빠르게 성장하고 있다고 하지만 여행자에게는 변하지 않는 인도가 매력적이다. 나는 스마트 시대에 사는 것이 축복인 것과 동시에 아날로그 감성을 그리워하는 나 자신을 발견하곤 한다. 여행을 하다 길을 잃어 눈치 보며 지나가던 사람들을 붙잡고 길을 물어보던 사람 냄새나던 그때와 스마트폰 하나면 실시간으로 내가 어디 있는지 다 알 수 있는 편리함 사이에서 나는 사람들과 직접 소통하던 그 시절을 추억한다.

　인도의 오래된 것들 중에 거리의 재봉틀 장인들이 있다. 잘 보면 본인들의 가게가 따로 있는 것이 아니다. 문 닫힌 가게 앞에 자리를 펴고 재봉 일을 한다. 최근 들어 재봉에 관심이 많아서인지 이분들에게 한 수 배우고 싶은 생각이 들었다. 한참을 서서 지켜보는데 신기하게도 길거리 재봉틀 장인들은 하나같이 남자들이다. 내가 갖고 있는 성별 역할에 대한 고정 관념들 중에 바느질, 요리 같은 일들은 여자들이 하는 일로 생각되는데, 사실 자세히 보면 유명한 요리사나 디자이너들은 대부분 남자들이 많다. 인도를 여행하다 보면 각양각색의 문화와 사람들로부터 나도 모르는 일깨움 같은 것이 있다. 내가 가지고 있는 틀을 깨준 다고 해야 하나 수많은 편견과 의심으로 똘똘 뭉쳐져 있는 내 모습에서 말이다. 혼자 세상 다 아는 척해 보지만 길 위에서 만난 사람들의 다양한 재능에 손을 들고 인정을 하게 된다. 분명 전문 적으로 공부한 적은 없을 것 같은데 인도에는 장인들이 거리 여 기저기서 보인다. 간판이나 벽에 그림을 그리거나 글을 쓰는 능 수능란한 사람들은 미술가처럼 잘 그리고, 좁은 길을 이리저리 잘도 운전하는 릭샤왈라들은 전문 카레이서보다 운전을 잘하고, 손바닥에 헤나를 그리는 사람들은 전문 디자이너보다 디자인이 좋다. 인도에서는 힌두, 무슬림, 시크교, 불교, 기독교가 모두 모여 다른 종교와 다른 언어를 사용하지만, 또 힌디어를 공용어로 사용하며 더불어 살고 있다. 물론 서로 다투고 미워도 하지만 그들은 공존하고 공생하고 있는 것도 사실이다.

프러블럼과 노프러블럼의 사이

　인도에 오는 사람들이 하도 의심하고 불안해하니 인도 사람들 이 "노프러블럼"을 인사처럼 말하는가 보다. 인도를 여러 번 여 행하면서 내가 느낀 것이 있다면 그들이 말하는 "노프러블럼"에 는 긍정의 의미도 있고 부정의 의미도 있다는 것이다. 어느 날

거리에서 18루피인 라씨를 한잔 사 먹고 20루피를 낸 적이 있는데, 먹기 전에 거스름돈이 있냐고 확인을 했더니 "노프러블럼"이라고 해서 주문을 했다. 하지만 라씨와 함께 내가 받은 건 잔돈이 아니었다. 거스름돈을 왜 안 주냐고 했지만, 돌아오는 대답은 "노"였다. 이런 경우의 "노프러블럼"은 부정의 의미였던 셈이다.

첫날 아침을 먹었던 클럽인디아(Club India Café & Restaurant)은 라탄 랄 마켓(Ratan lal market) 근처의 2층에 있는데 루프탑에 앉아 시장을 구경하면서 인도, 일본, 중국, 티베트 음식의 메뉴를 먹을 수 있어 자주 가게 되었다. 우리 뒤에 앉아 있던 인도 사람들이 준이와 사진을 찍어도 되냐고 묻더니 찍은 사진을 보내 주겠다고 메신저 아이디를 물어봤다. 덕분에 친구가 된 써니 찬다리(Sunny Chaudhary)는 지금까지도 아이들의 안부를 종종 묻는다.

인도 사람들이 지나가고 있는 우릴 불러 세운다. 사람들의 요청에 익숙한 준이는 미소를 머금고 그들의 핸드폰을 향해 빅 스마일을 지어 준다. 처음 보는 사이임에도 사진을 찍자고 스스럼없이 불러 사진을 찍는 인도 사람들이 나는 순수하게 느껴진다. 호주였다면 '왜 부르냐? 왜 사진을 찍냐?' 하고 물을 법한데 인도라는 나라는 처음 접하는 일들에 '왜?'라는 물음이 없게 만든다. 그냥 당연한 것처럼 행동하게 된다. 그냥 넘어갈 법한 일들에 눈살을 찌푸리고 큰 사건으로 만드는 걸 보면 인도에서의 "노프러블럼"이 어떤 면에선 현명하고 평화롭게 넘어갈 수 있는 지혜로움일 수도 있다.

인디아 게이트, 마지막 밤 산책

저녁에 인디아 게이트를 보러 나왔다. 인디아 게이트 길을 따라 호객행위를 하는 상인들이 북적거린다. 흡사 어린 시절 공터에서 열렸던 야시장 느낌이 났다. 길 끝에 할머니가 홀로 앉아 실 팔찌를 만들어 팔고 있었다. 나도 모르게 습관적으로 흥정을 했다. 할머니가 팔찌를 만들기 시작하자 후회가 되었다. 고작 할머니가 말한 금액에서 돈 몇백 원을 더 깎겠다고 한 행동이 부끄러웠다. 끈을 땋아서 그사이에 아이들 이름 알파벳을 하나씩 넣어 만드는 방식으로 가족 모두 하나씩 만들었다. 나는 할머니가 처음 제시했던 팔찌 가격을 모두 드렸다.

처음에 준이는 장난감을 사고 싶어 했다.

"준아 할머니 팔찌 사드리면 할머니 맛있는 거 사드실 수 있어. 장난감 살래? 할머니 팔찌 살래?"

"엄마 나 장난감 필요 없어, 할머니 팔찌 살래."

기특하구나 우리 아들…. 물론, 팔찌 사고 5분 후 반전은 "엄마, 저거(장난감) 사 줘."였다.

프랑스에 개선문이 있다면 인도에는 인디아 게이트가 있다. 인디아 게이트는 영국 식민지 시절, 제1차 세계대전에 참전했다가 전사한 인도 군인들의 넋을 기리기 위해 세워진 위령탑이다. 그 주변에는 군인들이 지키고 있었는데 아이들은 군인들이 멋있어 보였는지 한참을 바라보았다. 아무래도 남자아이들이라 진짜 총을 보는 것이 신기했나 보다. 인도에서는 진짜 총을 볼 수 있는 기회가 많았다. 불과 십여 년 전만 하더라도 맥도날드 앞을 지키는 경비원도 장총을 들고 있었다. 처음에는 그 광경이 얼마나 신기했는지 모른다. 지금도 여전히 맥도날드 앞에는 경비원이 있지만 장총은 보이지 않았다.

야경이 너무 아름다운 이곳은 현지인들에게 가족들과 밤 나들이로 장소로 인기가 많다. 델리의 마지막 밤, 또 하나의 추억이 더해졌다. 토요일 저녁 9시. 빠하르간지 골목 안에 사람들이 모여 있어 가 봤더니 병원이었다. 인도 사람들은 민간요법으로 병을 고칠 수 있다고 생각하는 이들이 많다. 내가 들었던 제일 황당한 이야기는 '소 배설물'을 만병통치약으로 생각해 몸에 바르거나 마시는 경우가 있다는데 근거 없는 민간요법을 철석같이 믿고 뱀에 물린 아내를 치료하기 위해 '소똥'으로 머리부터 발끝까지 75분이나 묻었다가 그대로 사망하는 사건이었다. 이 사건이 발생한 곳은 델리 같은 도시가 아닌 인도 북쪽 지방의 농촌지역이라고 하는데 의료시설과 교육 부족으로 인한 사고로 보고 있다고 한다. 〈세상에 이런 일이〉에나 나올 법한 이야기이다. 이 모든 것이 가난과 무지의 한 테두리 안에 있다고 생각한다. 가난한 시골 마을의 사람들은 보통 교육을 받지 못했기 때문에 함께 지켜본 수십 명의 마을 주민 어느 한 사람도 이 황당한 말도 안 되는 민간요법을 반대하는 사람이 없었던 것이다. 아내를 잃은 남편은 이제 혼자서 남은 아이 다섯 명을 홀로 키워야 한다. 오래전부터 인도의 교육 문제, 아동 인권 문제, 조혼 등의 문제를 해결하고자 여러 기관에서 노력하고 있지만 오래된 관습과 보수적인 문화로 인해 시간이 오래 걸릴 것으로 본다. 10년 전 서울시 교육청 주최로 고등학교 학생들을 데리고 '아동 인권'이라는 주제로 인도 콜카타(Kolkata)에서 한 시간 반 떨어져 있는 마을에 시스라는 인도 시민단체가 운영하는 곳에 조사를 간 적이 있다. 시스(Shis)는 영화 〈시티 오브 조이(City of Joy)〉 원작자인 도미니크 라피에르(Dominique Lapierre)가 후원하는 단체로 유명한 곳이다. 그 단체는 결핵 병원, 여자아이들을 위한 학교(SHIS Girls' Academy), 농아학교(Deaf & Dumb School)를 운영하고 있었다. 여러 기관의 노력에도 불구하고 변화가 더디고 받아들여짐이 힘든 건 어쩌면 그들의 문화가 오래전부터 폐쇄적인 부분이 있기 때문이 아닐까 하는 생각을 해 본다.

　마지막 밤을 기념하기 위해 저녁으로 스테이크를 시켰다. 오랜만에 맛있는 냄새가 연기로 뿜어져 나오는 시즐링을 지켜보았다. 내가 기대했던 스테이크는 아니었지만, 기분을 낼 만큼은 맛있었다. 아이들도 우리가 시킨 음식으로 연기가 자욱해지자 좋아했다. 나나 남편은 매일 나가서 먹으면 집밥이 그리울 때가 있는데 아이들은 밖에서 먹는 음식이 마냥 좋은가 보다. 음식이 맛있다기보다 분위기가 좋아서인 것 같다. 나는 나이가 들면서 엄마가 해 주던 밥이 그리운데 그것이 엄마의 손맛이 그리운 건지 아니면 남이 해 주는 음식이 좋은 건지 모르겠다. 솔직히 그 경계에 있는 것 같기도 하다.

릭샤왈라

인도가 발전해도 사라지지 않는 인력거는 정작 릭샤왈라가 없다면 사라질 것이다. 거리 위에서 릭샤왈라는 옹기종기 모여 휴식을 취하면서 그 좁은 인력거에서 단잠을 취하거나, 손님을 기다린다. 릭샤왈라 본인보다 몸집이 두 배나 되는 손님 두 명을 태우고 다니는 모습을 볼 때면 애처로운 마음이 느껴진다. 인력거를 모는 고된 삶은 어쩌면 수행의 인생 같다. 릭샤왈라는 대부분 비쩍 마른 중년의 남성들이 모는데 의자에 앉아서 페달을 돌리는 것이 아니라 엉덩이를 반쯤만 의자에 걸치고 거의 서서 달린다. 우리가 보기에는 힘들어 보이지만 분명 그들만 아는 좀 덜 힘들게 운전하는 노하우가 있을 것이다. 처음 싸이클 릭샤나 인력거를 타는 여행객들은 마음이 아프다고, 다시는 못 타겠다고들 얘기한다. 하지만 아무도 릭샤를 타지 않으면 릭샤왈라들은 굶어야 한다. 2층 카페테라스에 앉아 시장을 쉴 새 없이 들락거리는 싸이클 릭샤왈라들을 보면서 2011년에 개봉한, 지금은 고인이 되신 이성규 감독의 다큐멘터리 〈오래된 인력거〉가 떠올랐다. '기쁨의 도시'라고 불리는 인도 최대의 도시 콜카타의 인력거꾼 샬림을 10년 동안 취재한 다큐멘터리이다.

손님 없는 날에 릭샤왈라 샬림은 이렇게 말한다. "손님이 없으면 너무 힘들어요. 배는 고픈데 손님이 없으니까요." 이 영화에서 가장 슬픈 대목이었다.

릭샤왈라는 세월이 흐름에도 바뀌지 않는 모습을 지니고 있으며 단순히 교통수단을 넘어 하나의 문화로 자리를 잡고 있다. 하지만 인도도 최신 시설의 지하철이 건설되고 우버 같은 콜택시 서비스도 발전하고 있어 릭샤왈라들은 생계의 위협을 느끼고 있다고 한다. 앞으로 인도의 대중교통이 더 발전할수록 릭샤왈라들의 생활은 어려워질 것이다. 개인적으로 인도가 천천히 바뀌어 갔으면 하는 바람이다.

율이의 이발

　여행을 시작하고 얼마 지나지 않아 바라나시에서 율이 빼고 준이와 나 그리고 남편은 헤어컷을 했었다. 율이의 귀여운 바가지 머리에 변화를 주고 싶었는데 남편은 그 스타일이 너무 좋다며 극구 반대했다. 3살 어린이라면 누구나 한 번쯤 해 봤던 그 버섯돌이 헤어스타일 말이다. 그래서 여행 내내 남편과 율이 머리에 대해서 자르자, 지금 너무 귀여우니 자르지 말자 하며 의견 대립이 있었는데 결국 여행의 마지막 날 율이도 헤어컷을 했다. 우리가 잘랐던 바라나시의 좁은 골목길에 따로 입구라고 할 것도 없이 의자 두 개 달랑 놓여 있던 가판대 같은 이발소에 비해 델리의 이발소는 제대로 갖추어진 시설과 도구들이 프로페셔널하게 느껴졌다. 그렇다고 이전 이발사가 아마추어라는 말은 아니다. 동네 주민 모두가 그곳을 드나드는 것을 봤기에 아무런 의심 없이 이발소임에도 내 헤어를 들이밀었던 것이다. 그동안 여자아이로 오해를 받았던 바가지 머리도 우리가 보기에는 너무 귀엽고 잘 어울렸지만, 율이가 형처럼 멋있는 헤어스타일을 하고 싶다고 몇 번이나 이야기해서 짧게 자르기로 했다. 율이의 짧은 머리는 처음이라 약간 어색했지만 시원해 보이고 좋았다. 이발사가 살짝 긴장했는지 가위로 손을 베는 실수를 해서 당황했지만 그런 해프닝이 있어 더 기억에 남는다.

레드포트에서 소매치기를 당하다

첫날 델리에서 잠만 자고 다음 날 바로 바라나시로 떠나서 델리를 자세히 보지 못했다. 그래서 마지막 델리는 이틀간 머물면서 명소들을 찾아가 보려고 했다. 그 중 레드포트로 가기 위해 인도의 지하철을 경험해 보기로 했다. 레드포트(Red Fort, 붉은 요새) 복합단지는 인도 무굴 제국의 제5대 황제 샤 자한의 새로운 수도 샤자하나바드(Shahjahanabad)의 궁전 요새로 건립되었다. 건물명은 거대한 성벽을 둘러싼 붉은 사암에서 따왔다고 한다.

인도의 지하철은 기차역보다 더 혼잡하고 복잡했다. 역 안으로 들어가는데도 긴 줄을 기다리고 공항처럼 짐 검사까지 하며 갖은 고생을 하고 지하철역에 들어갔는데, 이번에는 표를 사는 줄이 너무 길었다. 에스컬레이터를 타고 내려가면서 매표소 앞에 줄을 선 승객들을 보니 아찔했다. 내려가자마자 다시 올라가는 에스컬레이터를 탔다. 혼자였으면 기다리는 것이 뭐 대수였겠냐 마는 아이들과 함께 있으니 무리가 되었다. 할 수 없이 릭샤를 타기 위해 역 밖으로 나왔다. 릭샤를 타려면 역에서 조금 걸어가야 했는데 가는 도중에 인도에서 처음으로 버거킹을 만났다. 아이들은 "햄버거~" 하고 친한 친구를 만난 것처럼 감격의 함성을 질렀다. 금강산도 식후경인데, 그래 일단 먹자. 아이들은 맥도날드 이후로 두 번째 햄버거를 먹고는 너무 좋아했다. 그동안 인도 음식이나 밥 위주의 식사만 해서 그런지 패스트푸드 세상 속에서 마냥 행복해했다.

　아이들은 지하철역에서 힘들었는지 릭샤를 타자마자 잠이 들었다. 다시 생각해 보면 무리를 해서라도 지하철을 탔으면 아이들이 잠들지도 않았을 것이고, 후에 일어난 사건도 발생하지 않았을 것 같다. 뭐 이미 지나간 일을 다시 생각해 봤자 무슨 소용이냐는 인도인들의 말이 맞다. 레드포트 근처는 재래시장이 있어 많은 사람들로 아수라장이었다. 자는 아이들을 들쳐업고 두 손이 묶인 상황에서 남편은 지갑을 소매치기당했다. 레드포트 시장에서 기념품을 사려고 돈을 많이 가지고 있었는데 현금이 든 지갑이 통째로 사라졌다. 옆으로 메고 있던 가방에서 어떻게 지갑을 가져가는 것을 모를 수 있냐고 다들 묻는다. 신랑은 왕십리 삽사리 파가 왔어도 털렸을 것이라고 하면서 본인의 재량으로는 어떻게 할 수 없었다고 했다. 나는 너무 기가 막히고 황당했다. 지금까지 인도를 다섯 번이나 여행하면서 한 번도 도난사고가 없었는데 말이다. 천만다행인 것은 신용카드는 핸드폰 케이스에 따로 보관하고 있었던 것이다.

　늘 이방인의 시선과 관심을 즐기던 우리 가족이었지만 지금 이 순간 범죄의 타깃이 되고 말았다는 끔찍한 생각들이 들고, 어서 이 공간을 벗어나야 할 것 같은 기분이 들었다. 액땜이라 생각하고 차분하게 ATM기를 찾아서 현금을 도로 찾으면 되었지만, 이

순간만큼은 사람들의 관심과 시선들이 무서웠다. 다시 숙소 근처로 가야 마음이 덜 불안할 것 같았다. 늘 보던 시장 상인들과 눈에 익던 건물들이 너무 그리웠다. 레드포트 앞에서 멘탈을 부여잡고 현금인출기를 찾아다녔다. 인도에서는 현금인출기가 아무 데나 있는 것이 아니고, 현금인출기가 있다 하더라도 현금이 없을 때가 많다. 우리는 릭샤를 타고 릭샤왈라의 도움으로 여러 은행을 다녔고, 네 번째 방문한 은행에서 겨우 현금을 찾을 수 있었다. 자기 일처럼 걱정해 주면서 동행해 준 고마운 릭샤 아저씨께 돈을 좀 더 드렸다. 준이는 지갑이 없어진 후부터 은행을 찾아다니는 일까지 다 지켜봐서 우리에게 무슨 일이 일어났는지 다 알고 있었지만 자다 깬 율이는 어떤 일이 있었는지 모르고 해맑게 웃으며 마냥 행복하니 다행이다. 그렇게 즐거웠던 인도 여행의 마지막을 찡그린 얼굴로 끝내야 한다는 게 너무 싫었고 아쉬웠다. 또 개인적으로는 자랑하던 기록이 깨진 느낌이었다. 인도여행을 여러 번 하면서 '나는 소매치기를 한번도 당한 적이 없어.'라고 큰소리치던 자랑을 이제는 더 이상 할 수 없어 또 아쉬웠다. 잃어버린 지갑도 지갑이지만 나에게 항상 좋은 기억만 안겨 주던 인도에게 실망을 하게 되었다.

마지막 인사

마지막 날 매일 지나가던 야채가게 할아버지에게 작별 인사를
했다. 우리는 야채를 살 일이 없어 사드리지 못했지만 할아버지
는 항상 반갑게 우리에게 인사를 해 주었다. 그리고 익숙했던 곳
에 들러 마지막으로 인사를 나눈다.

일 년에 한두 번 정도 여행을 가는 우리 가족은 주로 손목시계
약을 여행지에서 교체하는데 이유는 호주보다 세 배 정도 저렴
하기 때문이다. 시계방에서 시계 약을 넣느라고 30분 이상 기다
렸는데 그동안 준이는 금세 시계방 할아버지와 친구가 되어 있
었다. 준이의 재롱에 할아버지들의 웃음이 끊이지 않는다. 아
이들은 호주에서도 어르신들에게 재롱을 잘 부린다. 한국에서
는 나이 드신 분들에게 할머니, 할아버지라고 부르는 것이 일반
적이라 우리 아이들은 잘 모르는 어르신에게도 Grandma 혹은
Grandpa라고 부르는데 호주의 어르신들은 그런 호칭에 감동을
받는다. 호주에서는 자기의 할머니, 할아버지가 아니면 그렇게
부르지 않기 때문이다.

레드포트에서 지갑을 도둑맞고 기분이 영 아니었지만 가방에
남아 있던 옷들을 거리의 아이들에게 나눠 주려고 나왔다. 더운
날씨였는데 스웨터에 긴 바지를 입고 있는 아이가 있었다. 준이
는 이제 본인이 나눠 주고 싶은 아이를 먼저 찾아 옷을 아이 몸

에 대보며 어울리는지 본다. 웃기면서도 대견스럽다.

　하루 종일 기분이 우울한데 아이들 때문에 웃을 수 있었다. 공항에 가려고 예약한 택시와 통화를 하느라 바쁜 와중에 아이들이 옆자리에 있던 인도 비즈니스맨들의 대화를 경청하고 있었다. 그들은 힌디어로 대화하고 있었는데 준이와 율이는 심각한 표정으로 열심히 듣고 있었다. 그 모습을 보고 있자니 금세 기분이 풀린다. 미국 작가 리타 메이 브라운(Rita Mae Brown)은 '행복의 열쇠 중 하나는 (어두운 과거를 잊어버리는) 나쁜 기억력이다.'라고 했다. 그녀가 말했듯이 우리가 그토록 잊고 싶어 하는 나쁜 기억들은 서서히 사라져 다시 우리를 행복하게 해 줄 것이다.

　인도 비즈니스맨들도 준이와 율이의 행동이 재미났는지 사진을 같이 찍자고 했다. 서로 돌아가면서 아이들과 사진을 찍고, 심각했던 표정들은 어느새 환한 미소로 변했다. 아이들이 호주에서는 등짝 스매싱을 부르는 행동들을 해 왔다면 인도에서만큼은 사람들에게 '해피 바이러스' 같은 역할을 한 것은 확실하다.

　어둑어둑 해지는 저녁, 공항 가는 차에서 밤거리에 홀로 앉아 있다가 정차하는 차에 달려가는 준이 또래의 여자아이가 눈에 들어왔다. 우리 아이들과 비슷한 또래로 보이는 여자아이가 어둡고 스산하고 위험한 도로에서 홀로 구걸을 하고 있었다. 준이와 율이는 차 안에서 그 모습을 바라보다가 묻는다. "엄마 저 여자애는 엄마가 어디 있어? 집이 어디야? 왜 저기 있어?" 수많은 질문을 내던진다. 호주에서는 거리에서 생활하는 아이들을 직접 마주할 일이 없었다. 내가 살아 보니 퍼스는 삶의 만족도가 높은 곳이다. 그런 곳에서 태어나고 자란 아이들은 모든 아이들이 자기와 비슷할 거라고 생각할 수밖에 없다. 하지만 인도에서 만난 아이들이 너무나 다른 환경 속에서 살고 있으니 많은 것이 궁금한 모양이다.

나는 엄마의 마음으로 인도 여행을 통해서 우리 아이들이 사랑과 배려를 배우고 느꼈기를 바란다. 어쩌면 어른인 내가 느끼는 것보다 분명 더 많은 것을 보고 기억하고 느꼈을 것이다. 스펀지 같은 아이들은 더 빨리 흡수하고 받아들이고 순수하게 바라보고 생각하며 의식의 흐름대로 백지 위에 그림을 그린다.

이번 여행은 나에게는 정말 특별한 경험이었다. 나의 로망 중하나가 인도 여행을 하는 외국인 가족들을 보면서 나도 언젠가는 아이들과 함께 여행을 하리라 생각했는데 꿈이 현실이 되었다. 이렇게 나의 버킷리스트가 하나씩 하나씩 채워져 간다. 너무 행복하다.

안녕, 인도…

다시 올게!

에필로그

우리가 인도로 여행을 다녀온 때가 2019년 11월이었다. 나에게 그 숫자가 얼마나 특별하게 느껴지는지 모른다. 결혼기념일이나 생일처럼 말이다. 수많은 여행을 다니면서 여행을 다녀왔던 시기가 몇 년, 몇 월이었다는 것을 정확하게 기억하지 못한다. 손가락을 접었다 폈다 기억을 더듬어 봐야 알 수가 있다. 하지만 그해 12월에 COVID-19가 창궐하기 시작하면서 앞으로 여행은 기약할 수 없게 되었다. 그래서 마지막 여행은 더욱 그 숫자에 깊은 의미를 두게 된다.

사람들은 영화 같은 일들이 현실에서 일어나고 있으니 서로가 예민하고 무섭고 힘들어한다. 여행은커녕 집 근처도 자유롭게 돌아다닐 수 없는 날이 올 것을 그 누구도 상상하지 못했을 것이다. 여행의 시작, 공항을 생각하면 설렌다. 영화 〈러브 액츄얼리〉의 첫 장면과 엔딩 장면에서 공항은 여행을 떠났던 가족 혹은 연인들이 다시 재회하며 서로를 부둥켜안고 행복해하는 그런 모습을 담아 내어 가슴을 뭉클하게 만들었다. 그렇게 우리가 기억하는 공항의 모습은 떠나는 사람 그리고 배웅하고 마중 오는 사람들로 북적거렸던 곳인데 지금 그곳은 조용하고 한산한 곳이 되었다.

몇 개월이 지나면 괜찮아지겠지, 올해가 지나면 괜찮아지겠지 하고 희망을 가져 보지만 여전히 상황은 나아지기보다 또 다른 바이러스에 노출이 되어 재난 영화에나 나올 법한 일들이 해를 거듭하면서 일어나고 있다. 내가 살고 있는 서호주 퍼스는 국경이 닫힌 지 오래되었다. 그래서 마스크를 쓰지 않고 지낼 수 있는 유일한 도시이지만 창살 없는 감옥이라는 느낌에 우울감이 더하다. 2020년 그리고 2021년 공항에는 떠나는 사람도 마중 나오는 사람도 찾아보기 힘들다. 도시 간의 이동도 막혀 있고, 어딘가로 간다고 하더라도 2주간 격리를 해야 한다. 나라마다 상황이 달라서 규제도 다르다. 한국에서 살고 계신 부모님과 호주에 살고 있는 우리 부부는 이제 보고 싶다고 해서 서로가 쉽게 왕래할 수 있는 상황이 못된다. 상상도 못 했던 일이다.

앞으로 어떻게 될지 모르지만 우리는 추억을 머금고 살아간다. 인도 여행은 우리에게 자유롭지 않은 이 힘든 시기를 이겨낼 수 있는, 두고두고 이야기하며 나눌 수 있는 추억 상자가 되었다. 우리가 심심할 때마다 열어 되새겨 볼 수 있는 소중한 기억이다. 그 기억은 잊히는 것이 아니라 상자를 열 때마다 더욱 선명해지는 추억이다. 우리는 그 여행을 가슴속에 새기고 머릿속에 남겨 두었기 때문이다.

다시 배낭을 메고 떠날 수 있는 그날을 기다리며.

산티산티

인도, 기억에 대한 그리움

ⓒ 그레이스 엄, 2022

초판 1쇄 발행 2022년 5월 27일

지은이   그레이스 엄
펴낸이   이기봉
편집   좋은땅 편집팀
펴낸곳   도서출판 좋은땅
주소   서울특별시 마포구 양화로12길 26 지월드빌딩 (서교동 395-7)
전화   02)374-8616~7
팩스   02)374-8614
이메일   gworldbook@naver.com
홈페이지 www.g-world.co.kr

ISBN   979-11-388-0974-0 (03810)